キングと
兄ちゃんのトンボ

ケイスン・キャレンダー

島田明美 訳

金原瑞人選
モダン・クラシック
YA

作品社

どんな困難があろうとも、愛することをやめない人たちへ
わたしたちは大丈夫です。

第一章

トンボだ。湿地《しっち》にはトンボがたくさん飛んでいる。カリッド兄ちゃんはどれだ？　今ぐらいの時期に、こんなにたくさんトンボが飛んでるのを見たことがない。ここには何百、いや、きっと何千もいそうだ。木の枝や岩にとまって日光浴したり、地面からしみでた泥水《どろみず》の上をひらひら移動したり、空をいきおいよく飛んだりして、幽霊《ゆうれい》みたいな羽を見せびらかしている。自分たちの楽園でハッピーに生きている。

兄ちゃんを見つけたら、ききたいことがある。「なんでトンボなんかになったの？　ライオンやヒョウやオオカミのほうがかっこいいのに」って。兄ちゃんはリチャードソン墓地《ぼち》に埋《う》められてるけど、もしまだ体があるなら、ぼくの頭のてっぺんをポンとたたいて、笑いながら「ほっとけ。なんになろうが、おれの勝手だ」といいそうな気がする。いい返せないな。いつだって兄ちゃんのいうことは正しいから。

ぼくは昼下がりの湿地で兄ちゃんを探すのが好きだ。学校が終わってから、汗だくになってえんえんと歩いていく。かたい土の上を、トゲのある茂みや綿毛《わたげ》だらけの大きな葉っぱのあいだをぬけて進む。コケむした木々にはツルがからまっている。セミが鳴いて、小鳥もさえずっている。ここらへんの木は、いつもぼくをじっと見ているみたいだ。「秘密を教えてやってもいいぞ、ちょっと立ちどまって耳をすませてみろよ」って感じで。いや、ぼくを見てるのは幽霊かもしれない。母ちゃんだっていっている。「ルイジアナには幽霊がたくさんいるんだよ。おまえのやることはぜんぶ見られてるからね。よーく覚えておくんだよ」って。

だからぼくは、いつも気をつけている。幽霊がいそうなところでは石ころをけって追いはらいながら、兄ちゃんやトンボや地球や宇宙のことを考えながら歩く。そうしていると、人間はなんてちっぽけな存在なんだろうって、おかしく思えてくる。そのとき、うしろのほうでガタガタっと音がした。振りむくと、白いさびた小型トラックが砂ぼこりを巻きあげながらやって来る。ぼくは道路わきによけて泥をかぶった草むらにはいり、トラックが通りすぎるのを待った。すると、そのトラックは速度をゆるめてぼくのまん前でとまった。白人の男の人が何人か乗っている。運転席を見て、ぼくの心臓《しんぞう》は胃袋《いぶくろ》に落っこちそうになった。マイキー・サンダースがいる。

マイキーは、兄ちゃんのクラスメートだった。兄ちゃんを嫌《きら》っていたし、兄ちゃんもマイキーを嫌っていた。というか、マイキーは町じゅうから嫌われていた。人殺しに手をかしていたからだ。だけど、だれもその話をしない。みんなマイキーの父親をおそれている。「サンダース家の上の息子が人殺し三人とグルになって、黒人をなぐり殺し、白いトラックで湿地一帯を引きずりまわした」なんて法廷《ほうてい》で証言《しょうげん》する勇気はだれにもない。そのトラックがマイキーの車だってことはみんな知ってるはずなのに。そして、今マイキーが運転してるのはまさにそのトラックで、ぼくの目の前にとまっている。

マイキーの顔は日焼けしていて、目は青くてちいさい。髪の色はうすくて白髪《しらが》かと思えるほどだ。まだ十八歳になってないのにたばこを吸ってる。襟《えり》のあるシャツを着てるから、教会からの帰りなのかもしれない。

兄ちゃんとマイキーは、よくけんかをした。本気の、げんこつでなぐりあうけんかだ。兄ちゃんはマイキーを人種差別主義者《じんしゅさべつしゅぎしゃ》だっていってた。マイキーは兄ちゃんを「ニ××」って、黒人をばかにする言葉で呼んだり、猿《さる》の鳴きまねをして兄ちゃんの机《つくえ》にバナナをおいたりした。縛《しば》り首の縄《なわ》みたいに輪っかにしたTシャツをいやがらせで兄ちゃんのロッカーに入れたりもした。いかにもマイキーのやりそうなことだ。なんたってマイキーはギャレス・サンダースの孫なんだから。ギャレスは、白い布を頭からかぶって活動する人種差別集団クー・クラックス・クランのメンバーだった。ここにいるマイキーも、ぼくをトラックのうしろにくくりつけて引きずり回そうとか考えてるかもしれない。

マイキーは、しばらくなにもいわなかった。ぼくを上から下までじろじろ見てるだけだ。トラックのエンジンがブンブンうなり、車体がゆれている。ぼくの足もトラックと同じようにブルブルふるえている。助手席やうしろの席にいる連中は、石みたいにじっとしたままなにもしゃべらない。

マイキーは、たばこをはじいて地面にすて、歯のすきまからシーッと息をすった。その音にぼくは身をすくめた。ぼくがマイキーからどう見えるかなんてわかりきってる。びくびくして、すぐにもおしっこをもらしそうに見えてるはずだ。かまいやしない。だって、本当にびびってるんだから。母ちゃんの体からこの世に押しだされたときは生きるのがこわくて泣いたけど、今は死ぬのがこわいんだ。

ついにマイキーが口をひらいた。「おめえの兄貴《あにき》は、気の毒だったな」

ぼくは返事をしなかった。本気なのか、ふざけてるのか、それともただのいじわるなのか、わからなかったから。

マイキーは肩をすくめた。まるで、ぼくの心の中が見えたみたいに、さあなって感じで。「おめえ、こんなとこでなにやってんだ？」マイキーは、あたりの木々をざっと見まわしてそういった。

ぼくはまだ、ひとこともしゃべってない。マイキーは、ぼくがここにひとりでいるのかどうか、探ってるのかもしれない。ぼくを殺して、うまく逃げおおせるかって考えてるのかも。

マイキーはもういちどぼくを見て、またシーッとやった。きっと食べたものが歯にはさまってるんだ。「これから町へ行くんだが」といって鼻をこすっている。「うしろに乗ってくか？」なにかにとりつかれたみたいに、ぼくの体がとっさに反応した。首を横にふる。いちどだけ、すばやく、きっぱりと。

マイキーが車のギアを変えた。「なあ、おめえの兄貴は……」そのあとなにをいおうとしたのかはわからない。本人もわかってないみたいで、言葉はそこでとぎれた。「じゃあな」

そうしてマイキーは、車をバックして道をもどり、砂ぼこりを巻きあげながらあっというまにいなくなった。ぼくは立ちつくしたまま、ふるえながら大きく息を吐いて、心臓のドキドキがおさまるのを待った。こんなにびくびくしてるぼくを父ちゃんが見たら、どう思うだろう？　兄ちゃんは？

まあ、兄ちゃんがなんていうかはわかってる。「そんな臆病《おくびょう》でどうする。逃げてばっかりじゃ、ほんとに生きてるとはいえないぞ、わかるか？」

ぼくはもういちど大きく息をすって、歩きだした。

地面はだんだん砂利《じゃり》だらけになり、うちの近くまでくると舗装《ほそう》された道にかわる。近所には銀色のトレーラーハウスや板張《いたば》りの平屋が並んでいる。ブラインドやカーテンは閉まっていて、さびた車やトラックが世界中の光を集めたみたいに日ざしを反射《はんしゃ》してぼくの目を直撃《ちょくげき》してくる。暑い。この数か月というものルイジアナは並はずれて暑かったけど、特に今日は悪魔《あくま》が墓《はか》場《ば》から出てきそうなほど暑い。歩くたびに毛穴という毛穴から汗が吹きでて、靴下《くつした》はぐっしょりぬれて、シャツも背中にはりついてくる。リュックは空《から》っぽなのに、一トンくらい石が入ってるみたいにずっしりと肩にのしかかってくる。

ぼくの家は通りの奥まったところにあって、ほかの家からちょっとはなれている。壁《かべ》の白ペンキがはがれてて、前庭には枯《か》れて黄ばんだ草が生えている。ぼくは玄関前《げんかんまえ》の階段《かいだん》をドタドタあがって、リュックから鍵《かぎ》をとりだした。もとはカリッド兄ちゃんがもっていた鍵だ。赤茶色の銅製《どうせい》で古い一セント硬貨《こうか》みたいな色をしている。リュックから鍵をとりだす兄ちゃんの手は、ぼくの手よりずっと大きかった。今日と同じような空の下、同じような暑さの中、長い道のりをいっしょに歩いて家に帰ると、いつも兄ちゃんはそうやって鍵を出した。同じじゃないのは、兄ちゃんはもういないってことだ。兄ちゃんが玄関をあけたら、ふたりして暗い室内に走りこみ、テレビのリモコンをうばいあった。兄ちゃんが勝ってばかりだったけど、勝負さえつければたいていぼくの見たい番組をつけてくれた。

ほのかな明かりが、うすいカーテンを通して差しこんでいる。リビングはぜんぶ木でできている。板ばりの壁に板ばりの床。そして、この部屋には大きすぎるビニール張りの椅子《いす》がある。父ちゃんのお気に入りだ。母ちゃんは模様《もよう》替《が》えしたいっていって何年も前からいっていて、本気にみえた。なのに最近は、すわってぼーっと頬杖《ほおづえ》をついてばかりいる。かと思うと急に顔をあげて、笑顔を見せる。その笑顔を見ると、ぼくはいらいらする。作り笑いだからだ。母ちゃんだって自覚してるはずだ。だったら、なんでいつも笑ってるふりなんかするんだ？

　母ちゃんはこの時間は郵便局で働いていて、父ちゃんもまだ建設現場にいる。だから家には今、ぼくひとりきりだ。前によく見た、兄ちゃんがソファでごろんとして、スマホを手にしたままうつらうつらしてた姿は、思いださないようにしている。テレビをつけると、アニメの再放送をやっていた。ぼくはソファにすわった。兄ちゃんはよくこのソファでなにかをじっと見つめ、まばたきをしたり、考え事をしたりしていた。そういえば、さっきマイキー・サンダースは兄ちゃんのことをいいかけてたけど、なんだったんだろう？

　マイキーは、兄ちゃんがトンボになったのを知ってるのか？

　あれは兄ちゃんの葬式《そうしき》のときのことだ。ぼくら家族は、暑すぎる教会の最前列にいた。うしろでだれかが泣いていた。参列者はみんな、式次第《しきしだい》が書かれた紙でパタパタあおいでいた。父ちゃんは、いつもぼくに「男の子は泣いたらだめだ」っていってたくせに、あの日、となりにいた父ちゃんの顔はびしょびしょで、あふれた涙《なみだ》が鼻やあごからしたたり落ちていた。父ちゃんはそれをぬぐおうとも、かくそうともしなかった。人間の体からあんなにたくさん水がでてくるなんて知らなかった。父ちゃんの体の中に、海がまるごとかくされているみたいだった。

　母ちゃんは手をぎゅっとにぎっていた。膝《ひざ》の上には、くしゃくしゃのティッシュがたくさんあった。まばたきひとつしないで目を大きくあけて、兄ちゃんの遺体が横たえられた棺《ひつぎ》を見つめていた。よく人は、死んだ人のことを眠っているようだっていうけど、ぼくはそうは思わない。眠ってるときの兄ちゃんは、こんなんじゃない。兄ちゃんはいつも夢を見ていた。ぼくには見えないなにかに向かってにやにやしたり、顔をしかめたりしていた。急に大笑いして、ぶつぶついいながら寝返りをうつこともあったし、寝言で話しかけてくることもあった。部屋は狭《せま》いから、ぼくたちは同じベッドで寝てた。兄ちゃんがうるさくて眠れないときは、けとばしたりした。だけど、ベッドで膝をかかえて兄ちゃんの寝言に耳をかたむけることもあった。わけがわからないことをいってるか、たいてい声が小さすぎて聞きとれなかったけど、宇宙の秘密をそっと教えてくれたからだ。兄ちゃんは、夢で不思議な世界が見られる特別なチケットの持ち主みたいだった。目がさめるとなんにも覚えていなかったけど。

棺に横たわってる男の子は眠ってなんかいない。ぼくの兄ちゃんでもない。その子は、ヘビの抜《ぬ》け殻《がら》みたいに地面にすてられた空っぽの皮だ。葬式の日、ぼくは腹をたてていた。なんでぼくらはこんなところにすわって、すてられたヘビの抜け殻なんかのために泣いているんだ？空っぽの繭《まゆ》を弔《とむら》ってるようなもんだ。兄ちゃんは自分のもとの体の前で泣いてるぼくらを見たら、どう思うだろう？

兄ちゃんは、眠ってるあいだにまったくちがう宇宙の世界に入って行けた。「おれたちは、みんな光でできている」なんていって。

葬式のあいだ、そんなことばかり考えていたら、聖歌隊《せいかたい》の歌が始まった。そのとき、一匹のトンボが窓から飛びこんできた。トンボは一分間に一・五キロも飛べる能力があるのに、なぜかゆっくり、ひらひら飛んで、水晶《すいしょう》模様の羽をゆらゆら輝《かがや》かせていた。ほっそりした緑色の体と大きな目で、ぼくのすぐそばをふわっと横ぎり、兄ちゃんの棺のへりにとまった。

ぼくは、夜中にベッドの上にすわって、兄ちゃんが別の世界の話をするのを聞くことがよくあった。

「キング、空が紫色《むらさきいろ》なんだ。木みたいにでっかいキノコが生えてる。おれには、トンボの羽があるんだぞ」兄ちゃんは、そういってた。

いつのまにかソファで眠ってしまった。気がつくと、父ちゃんがため息をつきながらぼくをのぞきこんでいた。父ちゃんの首からさがってるチェーンがぼくの頬をくすぐってる。昼間の重労働を思わせる塩と汗の匂《にお》いがする。父ちゃんがぼくの腕をゆすった。

「おい、テレビをつけっぱなしで寝るんじゃないっていっただろ?」優しい声だから、怒《おこ》ってはいない。

「ごめんなさい」ぼくはすわりなおした。テレビはもう消えてて、リビングは静かだ。この家はときどき、なんの音もしなくて墓地みたいになる。

父ちゃんはしばらく立ったまま、ぼくの顔を見おろしていた。なにを考えているのかわからないけど、いくつか思いあたる。ぼくが急に大きくなったなあと思っているはずだ。それに、ぼくまで失うんじゃないかとおそれてもいる。兄ちゃんにそっくりだとかってことも。ぼくだって、鏡を見るたびにそう思う。顔がとつぜん変化して、見た目が急に変わっていく気がして、鏡を見るのがこわくなるときがある。兄ちゃんそっくりの幽霊が部屋にいるみたいな気がするからだ。ちぢれた黒い髪《かみ》、茶色いひとみ、褐色《かっしょく》の肌《はだ》の幽霊。それは、よく母ちゃんが話してくれるクレオールというアフリカ系黒人の特徴《とくちょう》でもある。

父ちゃんは、ソファにすわったぼくを残したままなにもいわずに廊下《ろうか》の奥の自分の部屋にはいってドアを閉めた。兄ちゃんが死んだ日、父ちゃんはばらばらに壊《こわ》れた。心臓の一部がここにあって、心の一部が別の場所にあって、魂《たましい》の一部がどこかに消えてしまい、見つかるかどうかわからない、そんな感じだ。父ちゃんは自分のかけらを少しずつ、ゆっくりと拾い集めている。もし父ちゃんが本当のことを、つまり、兄ちゃんは本当にいなくなったわけじゃないってことを知ったら、もっと元気になれるはずだ。

だけど、父ちゃんにはいえない。兄ちゃんがトンボになったなんていえっこない。夢の中で兄ちゃんがいってた話にすぎないからだ。兄ちゃんは夜中にいちどはあらわれて、こういう。
「秘密は秘密のままにしておけよ。真実を知る準備ができてない人もいるからな。それでいいんだよ、キング。ほかの人たちに真実を教える必要なんかない。本当のことは、おまえだけが知ってればいい」

第二章

ぼくの名前はキング。

というか、キングストン。だけど、みんなからキングって呼ばれている。

キングストン・レジナルド・ジェームズだ。

ぼくはこの名前がきらいだ。だれがきいたって偉《えら》そうな名前だと思うにきまってる。会ったばかりの人からもそう思われる。ずっと前、まだ兄ちゃんが生きていたころに、母ちゃんと父ちゃんがキングという名前にした理由を教えてくれた。ぼくがどういう人間で、どこから来たかを忘れないためらしい。「祖先が統治《とうち》していた帝国《ていこく》は奪《うば》われてしまったけど、おまえには神々の血が流れているんだよ……」わからなくはないけど、やっぱりだれかに名前を教えると、なにいってんだこいつって見られるのはどうしようもない。

キング・ジェームズ。

王様《キング》って、マジ？

だからぼくは、名前みたいに偉ぶらないよう気をつけて行動している。名前を聞かれないかぎりはいわない。忘れずに「どうぞ」とか、「どうもありがとう」っていう。ドアを開けたら、ほかの人のためにおさえておく。小柄《こがら》なおばあさんが道をわたるときは荷物をもってあげる。「はい」と返事するとき、男の人には「イエス・サー」女の人には「イエス・マーム」って、ちゃんと敬称《けいしょう》をつけて返事をする。あまりしゃべらないものだから、「地球上でいちばん恥《は》ずかしがり屋の王様《キング》だ」って思われている。だけど、本当は恥ずかしがり屋じゃない。話すのが好きじゃないだけだ。近ごろはますます無口になっている。兄ちゃんがいなくなってしまったからだ。

父ちゃんは毎朝、学校までぼくをトラックで送ってくれる。町はずれの建設現場に仕事に行くついでだ。学校の前でトラックからおりるとき、最近の父ちゃんは、ぼくの肩に手をおいて毛穴の数でも覚えようとしてるみたいにじっと見つめてくるようになった。このところいつも。そんなほんのちょっとの瞬間に、兄ちゃんを学校に送ったときのことを思いだしてるんだと思う。

「いっておいで」父ちゃんはそういって、ぼくの肩においた手に力をこめる。

「ありがとう《サンキュー》、父ちゃん《サー》」

父ちゃんはためらってから「愛してるぞ」っていった。

そんなことはいわない人だったのに。愛してるなんて言葉を父ちゃんの口から聞いたことがなかった。いちどもだ。母ちゃんにもいったことがない。兄ちゃんにも。もちろんぼくにも。いろんなことが変わってしまう前の母ちゃんだったら、ぼくをハグするときや、寝る前の「おやすみ」のときに「愛してるよ」って、いったりした。歌か、詩の朗読《ろうどく》を始めるときみたいに、母ちゃんらしい本物の笑顔で。最近見せるようになった作り笑いじゃない。本当の笑顔でそういわれれば、愛されてるのがわかったし、どんなことがあっても愛してくれるって思えた。

カリッド兄ちゃんもぼくによく早口で愛してるっていってた。ぼくらだけがわかる冗談《じょうだん》みたいな言い方で「愛してるぜ、兄弟《ブロ》！」って。だけど、いつもいっていたわけじゃない。週末にとなりのミシシッピ州で行われるサッカーの決勝戦に出かける前とか、ワシントンDCのディベート大会に出かける前とかだ。ぼくの髪《かみ》に指をつっこんで、もともとつれてるちぢれ毛をもっとくしゃくしゃにして、笑いながらよくいってた。「愛してるぜ！」って。

でも、父ちゃんはちがう。父ちゃんの口から愛してるなんて言葉を聞いたことはいちどもなかった。いまさら愛してるなんていわれると、ぼくはかたまってしまう。どうしたらいいかわからない。

父ちゃんは肩においた手をひっこめると、なにもいわずに目をそらした。トラックがブルンブルンいってる。ぼくは座席からすべりおり、うしろ手でバタンとドアを閉めた。トラックが行ってしまった後も、そのまま、根が生えたようにつったったままでいた。ぼくも愛してるって、いったほうがよかったのかな？　でも、あの父ちゃんにそんなことをいうのは変だ。気持ちがないわけじゃない。もちろん父ちゃんのことは好きに決まってる。だけどわざわざいうことじゃない。少なくとも、ぼくと父ちゃんのあいだで口にする言葉じゃない。

ふいにうしろからだれかに飛びつかれて、つんのめりそうになった。

ぱっと振りむいて声をあげる。「ダレル！」

ダレルは体を二つ折りにしてゲラゲラ大笑いしている。ダレルはいつもこんなだ。その笑い声を聞くだけで、ぼくもよくつられて笑った。だけど最近は、どうしていつもそんなになんでもおもしろがれるんだってききたくなる。

アンソニーもやってきた。リュックを肩にかけている。「なんでこんなとこにつったってんの？」といって、いっしょに歩きだす。バスケットコートのわきを通って、枯《か》れかかった芝生《しばふ》の校庭をぬけ、ベンチに向かった。授業が始まるまで、いつもみんなでここにすわる。といっても、ぼくらのベンチはだれでもすわっていいわけじゃない。カミーユが決めたルールがあって、カミーユが認《みと》めた友だちしかすわれない。別の生徒がすわろうとすると、カミーユがすぐに追いはらう。いじわるな気がするけど、カミーユを怒《おこ》らせたくないからぼくはなにもいわずにいる。

このベンチにすわれるメンバーは、まずダレル。いちばん背が低いけど、バスケではだれにも負けない（で、試合に勝つと負けた側を大声であざけり笑う）。次はアンソニー。白人で、たぶんぼくらの中では、いちばんおとなびている。実際、アンソニーはぼくらよりひとつ上の十四歳で、宿題をさぼりすぎて進級できなかった。「父さんのザリガニ漁《りょう》の手伝いで忙《いそが》しかったからだよ」といっているけど、アンソニーは人の話によく耳をかたむけ、どんな理由があっても勝手に決めつけたりしないし、いじわるもしない。次はぼくらの中でいちばん背が高いブリアナだ。ブリアナについては、カミーユの親友だってこと以外よく知らない。そのカミーユは、クラスでいちばんかわいいのは自分だと自分でいっている。褐色《かっしょく》の肌《はだ》はうすめで目も茶色じゃないからって。でも、ぼくはひそかにジャスミンのほうがかわいいと思っている。ジャスミンは、ケニア人女優のルピータ・ニョンゴのような褐色の肌と、黒々とした目の持ち主だ。ふさふさの髪が顔のまわりに広がって、後光《ごこう》がさしてるみたいに見える。つり目で、濃《こ》いまつ毛がびっしり生えている。ジャスミンは無理して目立とうとはしない。そんなところが、すごく好きだ。

ジャスミンがベンチの背もたれにのって、コンバースをはいた足を座面に乗せている。ぼくはそのとなりにすわった。

「調子どう？」ジャスミンがきく。ジャスミンのこの聞き方も好きだ。「お兄さんが死んじゃったけど大丈夫？」みたいな言い方じゃない。「話せる時がきたらなんでもいってね」って、心の中でいわれてるのがわかる。

ぼくは、まあねって答えて、ぼくらの好きなアニメの話を始めた。するとダレルが割っては
いってきて、チュッチュとキスの音真似《おとまね》を始める。

「やめなよ、ダレル！　うっとうしい！」カミーユがいった。

「なんだよ、うっとうしいのは、そっちだろ！」とダレルが叫んだ。

カミーユが両手を腰にあてている。「いうじゃん、ダレル。ナイス反撃《はんげき》」

ダレルの顔が赤らんでくる。気のきいた言葉でいい返そうとしてるのが見え見えだ。カミーユがにやにやしている。「無理しなくていいって！」

ジャスミンはあきれた顔してるけど、きまりわるそうだ。ぼくだって、きまりがわるい。男子と女子は、「つきあってんの？」っていわれることなく、ただの友だちになれないのかな。ジャスミンもきっと同じことを考えていると思う。

だけど、待てよ。ジャスミンはぼくとつきあいたいのか？　ぼくには、まだ女の子とつきあった経験《けいけん》がない。ジャスミンも同じだと思う。ぼくたちがお互《たが》いを好きなら、つきあうべきなんだろうか？　ジャスミンのことを、友だちとして好きなのと、カノジョとして好きなのと、どうちがうんだ？　つきあうとしたら、つまりなにをするんだっけ？　キスしたり、手をつないだり、冬のダンスイベントでスローダンスを踊ったり？　カリッド兄ちゃんに学校の帰りにきいてみよう。兄ちゃんを好きな女の子はたくさんいるもんな。兄ちゃんはもてるし、まわりにはいつも女の子が集まってきてデートを申しこまれてる。それに……

あっ。思いだしたとたん、見えない手がぼくの胸の中に忍びこんで、心臓《しんぞう》がとまりそうなくらいぎゅっとつかんだ。

顔に苦痛がにじんでたんだと思う。ジャスミンが小さな声で「大丈夫？　キング？」といった。

「うん」と答えながら、内心では、もうなにもいわないでくれと願った。見られたくないんだ。今はやめてくれ。しょっぱい水で目が痛くなりはじめてる今は。気持ちが伝わったみたいで、ジャスミンはうなずいてそっとしておいてくれた。意識しすぎだったかも。ベンチのみんなは自分の好きなことに気をとられてて、ほかの人のことなんかどうでもいいみたいにしてた。

「キングにちょっかい出すの、やめなよ、ダレル」カミーユがダレルの腕をピシッとたたいていった。「あんたは、ただねたんでるだけなんだからさ」

ダレルは自分の胸に手をあてて、うそぶいた。「おれが？　ねたんでる？」

「そうだよ！」

ダレルは、本気で怒りだした。「なにをねたんでるんだよ？」

「とにかく、あんたはやっかんでんの。だって、だれからも好かれてないじゃん」カミーユは腰に手をあてて、にやにやしながらいった。「まあ、ブリアナ以外からはってことだけど」

ブリアナはすごいいきおいで目をぱちぱちした。「なに？　え、ちがうよ、ってかさ、あたしは別に……」

しばらくシーン、となってしまった。ブリアナがリュックをひったくるように手にとって、あわてて走っていってしまう。ダレルは眉《まゆ》をひそめた。「ちょっ、待てよ。ブリアナがおれを？　あいつとおれが並んだら、めっちゃおかしいだろ！　あっちはあんなに背が高いんだぜ」

「じゃなくて！」とカミーユ。「あんたの背が、低すぎるの」

そのひとことにダレルがかっとなった。「背の低い男なんて、わんさかいるだろ。ブルーノ・マーズもケビン・ハートも……」

ジャスミンが首を横に振りながら、ベンチから立ちあがった。「今のは、カミーユが悪いよ」「俳優《はいゆう》のアジズ・アンサリとか、それからさ、『ハリー・ポッター』シリーズに出ているあいつだって」

カミーユが肩をすくめた。「なによ？　ブリアナがいつまでもぐずぐずしてるから、いってあげたのに」

「でも、ひとの秘密《ひみつ》を勝手にいっちゃだめだよ」ジャスミンがいった。

カミーユの目がけわしくなる。反論《はんろん》されるのが気にいらない性格だ。ジャスミンはもういちど首をふって、ブリアナのとこにいくねと走っていった。背中でリュックがぽんぽんはずんでいる。ダレルはぼくのとなりにずれてきた。さっきまでジャスミンがすわってたところに。

「ブリアナがおれを好きなわけない。あいつ背が高すぎるし、そう思うだろ？」

「わかんない」ぼくはいった。まださっきの涙《なみだ》が喉《のど》につまっているような気がする。ぼくはそれを飲みこんで、リュックのジッパーをいじっていた。「なんで身長なんか気にするんだ?」

ダレルが顔をしかめた。「気にするよ。当たり前だろ。男は女より背が高くないといけないんだ」

ぼくは口論が苦手だ。たいてい聞かれるまで、なにもいわない。だから、このあと口から出てきた言葉が自分で信じられなかった。「そんなこと、だれが決めたの?」

ダレルが目を見ひらいた。「今日のおまえ、どうしちゃったんだよ?」

ぼくは答えない。アンソニーがぼくを見てたけど、やがて目をそらして「授業の前に図書室に用があるんだ」といって行ってしまったから、ベンチには、ぼくとダレルとカミーユの三人だけになった。

「そりゃや、気にするよ」ダレルがいう。

「あ」カミーユが声をあげて、ベンチに腰かけた。「ねえ、見て。サンダースんとこの子がいる」

ぼくはリュックのジッパーをいじってて顔をあげなかった。カミーユの好きなゲームが始まろうとしている。マイキー・サンダースの弟、サンディを茶化《ちゃか》すのだ。ぼくは、カミーユがサンディのことをばかにするのが嫌《きら》いだ。

「やだ、あの子ったら、すっごく変」カミーユはにやにやしていった。「がりがりだし、青白いし。あれじゃ、クー・クラックス・クランが黒人へのいやがらせでかぶる白い布も必要ないよね。あのまま集会に行ったってまぎれこめちゃうよ、きっと」

それを聞いて、ダレルが笑いころげた。カミーユがこのジョークをいうのは初めてじゃないのに。

「ねえ、知ってる？」カミーユがぼくたちを見ていった。「ニーナから聞いたんだ。ニーナはザックから聞いたんだって。サンディってね、昨日、図書室に行ってたんだよ」

「だから？」とダレル。

「でさ」カミーユはもったいぶった口調でじらしながらいう。「図書室でサンディが見てた本、なんだと思う？」

「わかんねえよ」ダレルが辛抱《しんぼう》しきれずにいった。「早くいえよ」

「ゲイの本を見てたんだって」カミーユは声をひそめ、今にもふき出しそうに、にやにやしている。

ダレルは身を乗りだしすぎて、ベンチから落ちそうになった。「げっ、うそだろ？　マジ？」

「ほんとだってば！　あいつ、ゲイの男の子の本を見てたんだって」

「おれ、あいつがゲイかもって話は聞いたことある」ダレルがいう。「去年ロニーがいってた。あいつが自分ではっきりそういったとかなんとか」

「なにそれ、あたし知らないんだけど」と、カミーユ。

この時、どうして口を開いたのかわからない。ぼくにそうさせたのはなんだったんだろう。

「そうだよ、あいつゲイだよ」ぼくはいった。

カミーユとダレルがぼくを見つめている。

ジャスミンの声が頭の中で聞こえた気がした。「ひとの秘密を勝手にいっちゃやだめだよ」って。ぼくはまだリュックのジッパーを開けたり閉めたりしていた。「サンディから聞いたことがある」

カミーユのきんきん声がひびいてくる。「なんで今まで教えてくれなかったの？　どうしてだまってたのよ？」

いわなきゃよかったって心から思う。いつもみたいにだまっていればよかったんだ。なのにいってしまった。「たいしたことじゃないと思ったから」

「たいしたことだよ、もしゲイなら……」それからダレルは、ぼくだったら決していわないひどい言葉をいった。ぼくがゲイの人たちをどう思うかは関係なく、何百万年たとうが、絶対に口にしない言葉を。

「それにさ、あたしたちに教えないって、ずるくない？」カミーユがいう。「だれだって知る権利《けんり》があるんだからね」

だまっていればよかった。なのにきいてしまった。「それが、みんなになんの関係があるの？」

始業のベルが鳴っている。ダレルはベンチからポンと飛びおりた。「今日のおまえ、すっげー変だぞ」

カミーユも立ちあがってダレルと歩きだしたけど、ぼくはベンチにすわったままでいた。ぼくは今日、どうかしちゃったんだろうか？

「行こうよ、キング！」カミーユが振りむいてぼくを呼ぶ。

ぼくは立ち上がってリュックを肩にかけた。歩きながら、サンディ・サンダースが校庭の向こうからこっちを見ているのに気づいた。でも、ぼくと目があうと、サンディは教室へ走って行ってしまった。

サンディっていうのは、本当の名前じゃない。正しくはチャールズだ。チャールズという名前はふつう「チャーリー」って呼ばれる。サンディの兄ちゃんのマイケルが「マイキー」って呼ばれるみたいに。だけどなぜかチャールズには、同級生たちのあいだでサンディという呼び名が定着した。サンディは自分の名前を嫌っている。サンディのほうじゃなくて、サンダースという苗字《みょうじ》のほうを。この町で、サンダースという名前が意味することのすべてを。

何か月も前に初めてしゃべったとき、サンディからその話をきいた。ぼくたちは好きなテレビ番組の話だけじゃなくて、だいじな話もいろいろした。名前がいやだって話とか、ぼくもサンディもアニメが大好きなこととか。ジャスミンもぼくらと同じようにアニメが好きだとか。サンディはこの町をとくべつ嫌ってるわけじゃない。ぼくもそうだ。でもこの町には、いつかここを出てニューオーリンズかアトランタかマイアミに行きたがっている人がたくさんいる。学校からの帰り道、アニメ以外のこともいろいろ話した。将来なんになりたいか、どんなことをしたいか。先のことはまだわからないけど、思いついたそばから口にした。

「パン屋のおやじ」

「海洋生物学者《かいようせいぶつがくしゃ》」

「技術者《ぎじゅつしゃ》——アプリの開発とか」

「養蜂家《ようほうか》」

ぼくは笑った。「そんな仕事、ほんとにあるのか?」

サンディは肩をすくめた。そんなことをふたりで何時間もしゃべりつづけた。

だけど、サンディ・サンダースと最後にしゃべったとき、ぼくがいったのは「もうおまえとは友だちじゃない」だった。

サンディを見かけるたびに、そのときの言葉を思いだす。

あんなことをいわなかったら、今頃《いまごろ》ぼくとサンディはどうしているだろう。サンディにあやまれば、またもとのように学校の帰り道でいろんな話ができるんだろうか?

でも、ぼくはサンディの友だちではいられない。カリッド兄ちゃんから、つきあうなっていわれたからだ。

兄ちゃんは、サンディがマイキーの弟だってことを気にしてたんじゃない。ある晩、サンデイがぼくに話したことを兄ちゃんがぐうぜん聞いてしまったのが始まりだった。ぼくとサンディは、うちの裏庭《うらにわ》のテントの中で話をしてた。その夜おそく、サンディが帰ったあと、部屋の電気を消してしばらくたってから兄ちゃんが、もうサンディ・サンダースといっしょにいるなといった。

「おまえもゲイだって思われたくないだろ？」って。

兄ちゃんはそういった。そのひとことで、次の日、ぼくはサンディのところに行き、「もう、おまえとは友だちじゃない」っていった。だからぼくは、今でもサンディと話ができない。サンディとは、もう友だちじゃない。兄ちゃんが、サンディと仲良くしてほしくないと思っていたからだ。

第三章

　ぼくは、夜中に兄ちゃんが眠りながら話してくれたことを書きとっていた。兄ちゃんとの会話はぜんぶ理科のノートに書いてある。ノートの前半は生物の進化について書いてあるけど、後半は兄ちゃんとぼくがかわした内容になっている。このノートは、だれにも見つからないようにマットレスの下にかくした。夜中に兄ちゃんの声が聞きたくなったときに、このノートを引っぱりだして、ぱらぱらめくって読むことにしている。

「太陽は地平線からのぼってくる。山の稜線《りょうせん》が燃《も》えるように赤くそまるけど、実際に燃えてるわけじゃない。赤い色のなかは泳ぐことだってできるんだぞ。太陽の光は海と同じだ。のぼる太陽に乗ってしまえば、ぷかぷかうかべる。星は飛び石だ。星から星へと飛びうつれる」

「落っこちるんじゃないの？」って、ぼくはきく。

「いや、落ちない」兄ちゃんは大声でいった。自分の声で目をさますんじゃないかと思うほど大きな声。「おれがおまえをつかまえてやる」

「だれとしゃべってるかわかってるの？」って、ぼく。

兄ちゃんはぶつぶついって寝返りをうった。「キング、空はおまえの下にある」

その夜、兄ちゃんが話したことは、これでぜんぶだ。

ダレルはいつも教室のうしろのほうの席で居眠りしている。バスケットのプロ選手になるから数学なんか必要ないそうだ。カミーユとブリアナは、窓際《まどぎわ》の隅《すみ》の席に陣どって、外を通る人たちのうわさ話をしている。ぼくの席は前のほうでジャスミンのとなりだ。大学に行くにはいい成績をとらなきゃならないし、勉強は好きだ。

先生が課題を出す。ジャスミンとぼくは、いつもほかのだれよりも先に終わらせて、授業が終わるまでメモをやりとりする。おしゃべりすると怒《おこ》られるし、スマホで文字を打ってるととりあげられてしまうからだ。

ぼくが書く。『ワンピース』って、『ナルト』や『ブリーチ』よりずっとおもしろいよね。

ジャスミンが返す。ちがう！　そんなことない！

でもやっぱり昔の作品って、いいのがあるよ。『カウボーイビバップ』や『サムライチャンプルー』なんか、かっこいいぞ。

キングのお母さんやお父さんは、そういう番組を見させてくれるの？　うちは暴力シーンがあるからって禁止されてるんだ。

親は知らない。オンラインで見てるから。やり方を教えてくれたのは兄ちゃんだ。そもそも古いアニメを見せてくれたのが兄ちゃんだった。だけど、それはジャスミンに伝えなかった。

ジャスミンは、ぼくからメモを受けとっても、しばらくすわっているだけだった。飽《あ》きたのかなと思って、ぼくは国語の教科書を出して早々と宿題をやりはじめた。すると、ジャスミンがまたぼくの机《つくえ》にメモをよこした。

ちょっと聞いてもいい？

ジャスミンの筆記体《ひっきたい》の文字は、すごくかわいい。男なのにそんなことを考えてもいいのかどうかわからないけど。父ちゃんはいつもぼくや兄ちゃんに、男の子はかわいいものなんか好きになるなっていってた。花とかドレスとか筆記体の文字とか。ジャスミンは、ゆっくり慎重《しんちょう》に書いていたから、いつもよりずっとかわいい字が書けている。

ぼくは、いいよって返した。

ジャスミンは長いこと身動きしないで、それまでのやりとりをじっと見つめてから、なにかを書いてよこした。

どうして、もうサンディと話さないの？

今度は、ぼくがメモをじっと見つめた。ぼくたち三人は親友だった。ある日の休み時間にぼくが『ナルト』の絵を描いていたら、サンディがうまいねってほめてくれた。サンディがマイキー・サンダースの弟なのは知ってたけど、ぼくは「ありがとう」って答えた。そして『ナルト』や『ブリーチ』や、ふたりが見たことのあるぜんぶのアニメの話をするようになった。新学年になってすぐにカミーユのベンチにいっしょにすわるようになったけど、最初はジャスミンもアニメが好きだなんて知らなかった。ジャスミンは、ぼくとサンディの話を耳にしてわたしも話に入れてっていってきた。以来まるまる六か月のあいだ、休み時間はベンチにすわってアニメやマンガの話をするのが三人の習慣《しゅうかん》になった。三人でマンガを描《か》いてもみたけど、あまりいい作品にはならなかった。

ぼくらのおしゃべりの内容はどんどん幅《はば》が広がって、そのうち月、水、金の朝十時からの四十五分間、アニメだけでなくてなんでも話すようになった。サンディとぼくは放課後《ほうかご》にいっしょに帰るようにもなって、ときどきはサンディがぼくんちに寄って、裏庭のテントでしゃべりつづけた。

でもこういうのはぜんぶ、前のことだ。カリッド兄ちゃんから「サンディに近づくな」っていわれる前の。兄ちゃんがヘビの脱皮《だっぴ》みたいに、自分の体から抜けでてしまう前の。もう兄ちゃんはいないし、サンディが休み時間にぼくのところに来ることもない。

ジャスミンは今まで、ぼくとサンディが話さなくなった理由を聞いてこなかった。ただのいちども。なんだかおかしいってわかっていたと思う。でも、ジャスミンは人のことに図々《ずうずう》しく首をつっこむのが好きな性格じゃない。たまにジャスミンがサンディに話しかけて、ふたりでランチを食べるのを見たことはあった。ぼくやカミーユやほかの子といっしょじゃないときに。だけど、ぼくとサンディとジャスミンの三人でランチを食べることは、もう絶対にない。

先生が「やめ」といった。ぼくはメモをジャスミンに返して肩をすくめた。返事を書く時間がなくなって、正直ほっとした。友だちをやめた理由が、サンディがゲイだからだなんて知ったら、ジャスミンはどう思うだろう。ひどいことするっていうはずだ。ジャスミンのいうとおりだから、よけいいやになる。

ベルが鳴ると、生徒たちはノートや鉛筆《えんぴつ》をリュックに入れてぞろぞろと教室をあとにした。廊下《ろうか》にはさびついたロッカーが並び、床にはべたべたした黄色いタイルが貼《は》ってある。天井で光るライトは太陽みたいにまぶしい。ジャスミンは真剣に考えていた。眉間《みけん》にしわを寄せて、リュックのストラップをきつくにぎりしめている。ぼくは、サンディとのことは話したくない。どんな小さなことも。だから、次の教室に早くいかなくちゃといおうとした。だけどジャスミンはごまかせない。ジャスミンが先に口をひらいた。

「いいたくないなら、いわなくてもいいよ」そういって、ジャスミンはぼくの正面に立った。「でもね、サンディにきいたら、友だちじゃなくなった理由はキングしか答えられないっていってたの」

ぼくは恥《は》ずかしくて、たまらなくなった。

「わたしはただ、仲直りしてほしいだけ。ふたりがしゃべらなくなって、もう三か月だよ。お兄さんのこともあったけど……」

「兄ちゃんのことは話したくない」思った以上にきつく、いじわるな言い方になってしまった。ジャスミンがびくっとする。「わかった。ごめん」リュックのストラップからはなした手がちょっとふるえている。「ただ、キングには友だちが必要だと思ったから……」

「ぼくの必要なものなんか知らないくせに」

ジャスミンはすごくびっくりしたみたいだ。ジャスミンにこんなふうに冷たくしたことはなかった。だけど、ジャスミンだって悪い。ぼくがサンディの話をしたくないのを知ってるのに、どうしてほっといてくれないんだ？　ジャスミンには関係ないじゃないか。

「わかった」ジャスミンがいった。少しむっとしているみたいだ。「わたしは力になりたかっただけ」

「わかってる。だけど、みんながみんな、ジャスミンの力が必要ってわけじゃない」

ぼくはくるっと向きを変え、ジャスミンをその場に残して歩きだした。すごくむかついていた。なんでかわからない。頭の中がぐちゃぐちゃだ。ジャスミンや、兄ちゃんや、サンディや、庭のテントや、トンボや、そんなこと全部をつなぐ糸がこんがらがっている。むかつく理由は、そのこんがらがりの中のどこかにあるはずだ。

その日の休み時間、ジャスミンとぼくは、いつものようにいっしょにすわったけど、どっちも話をしなかった。ランチのときもジャスミンに無視された。ぼくのほうからあやまるのを待ってるんだと思う。ぼくだって、あやまったほうがいいのはわかっている。だけど言葉が胸につかえて出てこない。終業のベルが鳴ると、できるだけ早く学校を飛びだして家とは反対の方向に向かい、一時間ほどもかかる長い道のりを歩きだした。トンボたちがいるほうへ。

　土の道は埃《ほこり》っぽくて、スニーカーをはいていても足の裏が熱く感じられる。頭のてっぺんから汗がしたたってきて背中をつたい、Tシャツが肌《はだ》にはりついてくる。兄ちゃんはトンボになったんだよって母ちゃんに教えたら、どうするかわかってる。すぐにぼくをセラピストのところに連れていくだろう。この三か月というもの、母ちゃんはぼくをセラピストに会わせたがっていた。兄ちゃんが亡くなってからずっと。父ちゃんは以前セラピストのところに行くのは弱い人間だけだといってたから反対すると思ったのに、なにもいわないからびっくりした。だけどぼくは逆らった。抗議《こうぎ》して、叫んで、金切《かなき》り声《ごえ》をあげた。

　ぼくがわからないのに、セラピストになにがわかるっていうんだ。ぼくは怒ってる。カリッド兄ちゃんが、理由もなく、なんの前触《まえぶ》れもなく、さよならをいう時間すらくれずに、急にぼくの前からいなくなったんだから。兄ちゃんになにが起きたのか、医者にもわからなかった。いったいどうして、健康な十六歳の少年が校庭でサッカーをしてただけで急にたおれて死んでしまうんだ。悲しい。この気持ちをどういったらいいかぜんぜんわからないけど、時々わけもなく涙《なみだ》がでてくる。兄ちゃんのことを考えていてもいなくても、どこにいるとかなにをしているとかも関係なく、涙があふれてくる。まひしたようになってしまうことだってある。兄ちゃんといっしょに使っていた部屋には、何週間も入れなかった。入れるようになっても、しばらくは外のテントで寝てた。兄ちゃんといっしょに寝ていたベッドで初めてひとりで寝ようとした日、ぼくはベッドの上にすわって膝《ひざ》を胸の前でかかえた。よく兄ちゃんが眠りながらひとりで話すのを聞いてたときのように。そのうちにあのまひしたような感じがモンスターみたいにどこからともなくおそいかかってきて、ぼくはまるごと飲みこまれた。

「キング、おまえ、だれかと話をしたほうがいいよ」母ちゃんがよくそういう。「あたしたちじゃなくてもいいから」

だけど、話してなにが変わるんだ？　兄ちゃんに生きててほしいっていったところで、もどってこないんだから。

ぼくにできるのは、トンボを探すことだけだ。葬式《そうしき》の時にあらわれて兄ちゃんの棺《ひつぎ》のへりで羽をふるわせていた、あのトンボだ。ただの偶然《ぐうぜん》じゃない。あのトンボは、ぼくに会いにきたんだ。古い皮を脱《ぬ》ぎすてた兄ちゃんが新しい体で今も生きていて、おれはここにいるぞって知らせに来たんだ。トンボになった兄ちゃんが、トンボの楽園にいく前にぼくにちょっとあいさつしにきたみたいな。

歩くうちに、丈《たけ》の高い草が多くなって体がちくちくし始めた。かたい地面がだんだんじめじめしてきてぬかるみになり、ところどころに道幅《みちはば》いっぱいの水たまりができている。パシャパシャと水を跳《は》ねとばしながら歩いていたら靴下《くつした》がぬれて重くなり、ジーンズのすそがどろでよごれた。やっとひらけた場所に着いた。目の前に沼が広がって、何キロもずっと遠くまでつづいている。何千ものトンボが飛びまわっている。ひゅんと飛んで水にとびこんだかと思うと、水面にういて体を休める。まるでイエス・キリストに向かって、水の上を歩くのなんか、たいしたことないよって証明《しょうめい》しているみたいだ。

ぼくはただそこに立って見ていた。葬式の時に見かけたあのトンボが、ぼくのところに飛んでこないかな、手のひらで休んでくれないかなと期待しながら。だけど汗だくのぼくに寄ってくるのはトンボじゃなくて蚊《か》やブヨばかりだ。兄ちゃんがまだここにいるかどうかなんてわからない。もうとっくに町を出ていったかもしれない。ルイジアナを出たがっていた兄ちゃんは、町を飛びだして世界中を旅しているかもしれない。はっきりと目にうかんできた。トンボになった兄ちゃんがアマゾン川の上をヒューッと飛び、ドイツではハンノキの森を通りぬけ、インドネシアの低湿地《ていしっち》の林の中を飛んでいる。そして最後にはきっとぼくのところにもどってきて、見てきたすべてを話してくれるんだ。まだぼくに話してない宇宙の秘密のことも。兄ちゃんが夢の中で見た話を聞きたい。

兄ちゃんに会いたい。会えない苦しみをまぎらわせるために、兄ちゃんは抜《ぬ》け殻《がら》になる前の姿で生きていると思い込むしかないときがある。今がそうだ。そうすれば苦しくなくなる。兄ちゃんは今、家にいてぼくを待っていて、キングはどこにいったんだと心配している。そしてぼくに会った瞬間《しゅんかん》、いつものようにぼくをからかってくるんだ。

「キング？」

声がして振りむいた。心臓《しんぞう》がばくばくしすぎて胸を突きやぶって外に飛びでてしまうかと思った。ぼくの目は涙でくもってて、頬《ほほ》も鼻もあごもびしょびしょだ。手の甲でさっと顔をぬぐうと、ほんの少しはなれたところにほかでもない、サンディ・サンダースが立っている。いつものぼろぼろの白いTシャツ、袖《そで》に黄色いシミがあるやつ。サンディはこのシャツを毎日着ている。いちにちも欠かさずに毎日だ。ブルージーンズは生地《きじ》がうすくなってて、あちこち裂《さ》けたりほつれたりしている。

ぼくもサンディも身動きひとつしなかった。野生動物のドキュメンタリーで、二頭の動物が向かいあって乱闘寸前で、にらみ合っているだけみたいに。

ぼくが口を開いた。「こんなとこでなにしてるんだ？」

サンディはおびえていた。いつもびくびくしてて、だれとも目を合わせられない。大声で笑ってるときも、わくわくしてうれしそうなときも。湿った地面をじっと見ている。「通りかかっただけだよ」

「ぼくをつけてきたのか？」

「ちがうよ！」サンディが大声を出す。ほんの一瞬こっちを見て、また目をそらした。「歩いてただけだ。一本道を歩いてたらここに着いた」

うそじゃないとぼくは思った。だけど、この何か月ものあいだ、学校帰りに一日も欠かさずこの湿地に来ていたのに、サンディ・サンダースどころかほかのだれも見かけることはなかった。ぼくはまだ残っていた涙をぬぐった。泣いているのをサンディに見られてきまりがわるくて、背中を向けた。

うしろからサンディの声がした。「大丈夫か?」

ぼくは答えなかった。少ししてからサンディが近づいてくるのを、目のすみでとらえた。サンディが立ちどまる。

「こんなところでなにしてんだよ?」サンディがきいてきた。

「おまえの知ったことじゃない」

サンディはこっちを見ずに、ぼくがいったことに反応するでもなくいった。「おれは、ちょっとひとりになりたくてさ。どこに行ったらいいかわかんねえまま、ただ歩いてた」

「きいてないよ」

「わかってる」サンディがいった。サンディはいつもおどおどして人と目が合わせられないくせに、ちょっとでもチャンスがあればしゃべりまくる。しゃべってしゃべってとまらなくなる。ほんの少しもだまらない。不安すぎると話がとまらなくなるって自分でもいっていた。それがどういうことか、ぼくにはわからない。

「おれを嫌《きら》いになったのはわかってる。話もしたくねえってことも。あんとき、おまえにうちあけちまったからな。だから、それで……だけど」そしてサンディは、息をついた。「おれはただ、兄ちゃんのことは気の毒だったなっていいたかっただけだ。もっと前にいいたかったけど、もう話をしないっておまえにいわれてたから、こんなことをいっていいかどうかわかんなかった。そのうちにひと月がたっちまって、いきなり話しかけたら変に思われるんじゃないかと思うと、もうこわくていえなかった。だけど、今なら……」サンディは肩をすくめた。「こんなところで会うなんて、偶然《ぐうぜん》にしちゃできすぎだけどさ、いい機会だと思った。いおうと思ってたからさ。おまえの兄ちゃんのこと」サンディの声が小さくなり、口調《くちょう》まで弱々しくなった。「気の毒だったなって」

ぼくは涙をコントロールできなくなっていた。あふれてきてとまらない。サンディ・サンダースがすぐそこにいるっていうのに。泣いてるところなんか見られたくないのに。どっか行っちゃえよって思った。なのに、まだ行ってほしくないと思っている自分もいた。

「ありがとう」サンディにそういった。兄ちゃんが死んだことに「気の毒」といわれて返す言葉は、ほかに考えられなかった。

サンディは、ぼくにだまれ、どっかへ行っちまえってどなられなくて、ほっとしたみたいだ。サンディは沼やトンボのほうに顔を向けた。太陽が青い空の高いところにあって、にごった水が光を反射して目を刺す。まぶしくてぼくらは目を細めた。

「これからいうことを変に思うなよ」サンディがいう。「でもな、おれはまだおまえの話を聞ける。なにか話したいことがあればな。もう友だちじゃねえけど、話ならいつでも聞ける」

ぼくは首をひねって、あごの先を肩で拭《ふ》いた。「なんでそんなことというんだよ？」さんざんサンディに冷たくしてきた。優しい言葉をかけられるなんて、わけがわからない。やっぱり、ぼくはサンディのことをよくわかってなかったんだな。

「おれ、頭にきてた」サンディが認めた。「おまえにすっげえむかついてた。あんなに頭にきたのは、生まれて初めてだった。友だちだったはずなのに、おれがあのことをいったら……、おれが好きなのは……」

サンディは話すのをやめた。口にしていた怒《いか》りが、体の中にたまっていくのが手にとるようにわかった。青白い皮膚《ひふ》がどんどん赤らんでいき、爆発直前の温度計みたいになった。そしてさっと向きを変えて水際《みずぎわ》からはなれ、腰に手をあてた。突然、サンディ・サンダースは、もう引っ込み思案ではなくなった。ぼくをにらみつけている。「おれはゲイを恥じてない。女じゃなくて男を好きになるのは、まちがいじゃない。少しも恥ずかしいなんて思ってない。わかったか？」

ぼくはいたたまれなくなった。兄ちゃんはゲイを恥ずかしいことだと考えていた。もしここに兄ちゃんがいたら、こんなふうにサンディといっしょにいるのを見ただけで、たぶん当惑するだろう。

サンディは、またぼくから目をそらして腕を組んだ。「おれは自分に誓《ちか》った。絶対におまえを許《ゆる》さないって。今も変わってない」そしてまた、ちらっとぼくのほうを見た。「だけど、おまえの兄ちゃんのことは……あんなひどいことって……」

ぼくらはまた、長いことだまりこんだ。サンディが肩をかいたとき、まくりあげたTシャツの袖から青や緑や黄色に変色したあざが青白い肌にいくつも残ってるのが見えた。ぼくの視線に気づいて、サンディはかくのをやめて袖をおろした。

「もうこんな時間だ」サンディがいった。「すぐに日がしずむ。おれ、もう帰るよ」

胸のなかで、なにかがはじけた。サンディをこのまま行かせたくない。なのに、ぼくはうなずいた。「うん」

サンディは背中を向けて歩きだした。じゃあなもいわなかったけど、別におどろくようなことじゃない。もうぼくらは友だちじゃないし、サンディは、ぼくを決して許さないって断言したんだから。サンディが行ってしまった後も、ぼくはそこに残って、トンボや、トンボの羽をながめていた。

第四章

「なあ、いいこと教えてやろうか？」

ぼくは兄ちゃんに教えてって、たのんだ。

兄ちゃんはぶつぶつなにかいってたけど、よく聞こえない。それからまた話しかけてきた。

「そこにはだれもいない。おまえしかいない。いいか？」

どうしてぼくしかいないのって、きいた。そこってどこ、とも。

「それからさ……」兄ちゃんが、またぶつぶついってる。「そこには水がある。きれいな水だ。そこっていうのは、星のてっぺんだ。なにもかも大丈夫だぞ、キング」

なにが大丈夫なのか、兄ちゃんにたずねた。

「みんなうまくいく。おまえは大丈夫だ。そう思えないこともあるかもしれないけどな、だろ？ わかるよ、わかる。だけど、そこには羽や音楽や光がある。星みたいな光だ。でな、おまえはただ、大丈夫なんだよ」

　さっぱりわけがわかんないよってぼくがいったら、兄ちゃんが笑った。笑いすぎて、兄ちゃんは目をさました。ごほごほ咳《せき》こんで、つぶっている目をもっとぎゅっとつぶって、寝返りをうった。兄ちゃんはぼくに、こんな時間まで起きてなにしてんだってきいた。しわがれて、まだ半分寝てるような声だった。兄ちゃんに、また眠りながらなにかしゃべってたよって教えたら、悪かったな、なるべくだまるようにするよって返された。だけど、だまってほしくなんかなかった。兄ちゃんが見ている世界の話を聞くのが好きだからだ。わからないことばっかりいってるけど、兄ちゃんの声を聞くのが好きだった。兄ちゃんはだれが聞いてても気にしない。どんなふうに聞こえるかも気にしない。どうふるまえばいいか、どんな人間であるべきかなんてことも気にしないで、自由に自分の言葉を話していた。そんなときの兄ちゃんの声が好きだった。眠っているときがいちばん兄ちゃんらしくて、本当の兄ちゃんを知ることができた。

「愛してるぞ、キング」っていわれたけど、兄ちゃん、そのときまだ起きていたのかまた眠っちゃったのかわからなかった。


　母ちゃんは、以前はまいばん料理をしてくれた。母ちゃんが郵便局で何時間も働いてから家に帰るころには、ぼくも兄ちゃんも父ちゃんもとっくに家にいた。帰ってきたばかりの母ちゃんは、ぼくらに疲《つか》れがにじんだ笑顔を見せてすぐにキッチンに立った。母ちゃんのいう母親兼《けん》妻っていう第二の仕事のために。ぼくは母ちゃんについてキッチンに入ってキャベツを洗ったり豆のさやをむいたりするのをよく手伝った。だけど十歳になった日、父ちゃんに「おまえは、じきに一人前の男になるんだから、キッチンに入るな」っていわれた。

ぼくはリビングにすわって、ひとりでキッチンで働く母ちゃんを見ていた。立ったまま寝てしまいそうな顔をした母ちゃんが、ぐつぐつ沸騰《ふっとう》している鍋《なべ》の前にいる。ぼくは兄ちゃんに小声できいた。もうじき一人前の男になるからって、なんでキッチンに入っちゃいけないんだろうって。兄ちゃんは、そう決まってるんだよって答えた。その言い方で、もうそんなことをきかないほうがいいんだなと思った。母ちゃんがテーブルに食べ物を運びおえると、父ちゃんが上座《かみざ》にすわった。父ちゃんの右に母ちゃん、兄ちゃんは父ちゃんの左、そしてぼくは兄ちゃんの左にすわった。そう決まっていた。

母ちゃんは、この三か月というもの夕食を作ってない。最初のころは、父ちゃんもなにもいわなかった。どのみちぼくらは食べなかったし、空腹を感じ始めるようになったら、葬式《そうしき》のときにいろんな人が持ってきてくれた物を食べた。ツナの煮込《にこ》み、赤インゲン豆、ライス、手作りのバナナブレッド、ウミガメのスープなんかだ。今は食べきってなにも残ってないけど、三か月がすぎた今でも、母ちゃんはまだしばらくキッチンに立ちそうもない。

父ちゃんがピザを注文した。三人でそれぞれ自分の席につく。兄ちゃんの席は空っぽだ。夕食の席ではだれもなにもしゃべらない。食事中は沈黙《ちんもく》を守ってて、その沈黙をやぶることは兄ちゃんや空《から》っぽの席を軽《かろ》んじるような気がした。

父ちゃんは、ピザをかんで、かんで、かみつづけた。そしてナプキンで口をぬぐい、ゴホンと咳ばらいをした。「キング」って呼ばれて、ぼくはぱっと顔を上げた。この三か月、食べてるときはだれもしゃべってなかったからおどろいた。「キング」父ちゃんがまたぼくを呼んだ。「こっちの席に移ったらどうだ？　そんな隅《すみ》の席にいないで」

母ちゃんはおどろいてない。父ちゃんと母ちゃんは、あらかじめ席のことを話しあってたようだ。おとなはよくそんなことをする。ぼくのことを、ぼくのいないところで話しあうんだ。か弱い子どもには聞かせられないってふうに。

父ちゃんが返事を待ってるから、ぼくは答えた。「だけどそこは、兄ちゃんの席だよ」

父ちゃんは母ちゃんを見た。ふたりは意味ありげに、顔をみあわせている。ぼくがここにいるのが目に入ってないかのように。ぼくにだって、考える頭ぐらいはあるよ。

父ちゃんが話しはじめた内容は、めちゃくちゃすぎてちっとも意味がわからなかった。「変な気がするかもしれない。カリッドを忘れようとするみたいで気がとがめるかもしれない。でもな、カリッドを忘れろっていってるわけじゃないんだぞ。いないのがふつうになるってことなんだ。俺《おれ》たちはみんなふつうに暮《く》らしていた。カリッドが生きてたときは、カリッドがそこにすわるのがふつうだった。今は新しいふつうが必要だ。そうしないと前に進めないんだ」父ちゃんはそこでだまった。「俺たちは前に進まなくちゃいけないんだよ、キング」

父ちゃんが話し終えると、長い沈黙になった。まるで、父ちゃんの訓示《くんじ》に頭を下げて祈《いの》りなさいっていわれてるみたいだ。ぼくは首を横にふって、きっぱりといった。「だけど、そこは兄ちゃんの席だから」

母ちゃんがみょうに声をはりあげた。「じゃあ、こっちに来てあたしのとなりにすわったらどう?」って。

父ちゃんが顔をしかめた。ぼくを自分のそばにすわらせようとしてたからだ。そうに決まっている。息子は父親のとなりにすわるもの。でも、父ちゃんは母ちゃんに反対しなかった。ぼくも席のことをこれ以上いわれたくなかったから、自分の皿を持ってテーブルをぐるっとまわって母ちゃんのとなりに行き、わざとガチャンと音をたてて皿をおいた。母ちゃんから、ちょっと変な匂《にお》いがした。汗と新聞と防虫剤《ぼうちゅうざい》がまざったような匂いだ。母ちゃんは少しのあいだ、ぼくの手に自分の手を重ねてから膝《ひざ》の上のナプキンをたたんだ。

「今日はどうだった?」母ちゃんがいう。夕食の席でまた会話が始まった。三か月ぶりだ。なんにも起きなかったかのように。兄ちゃんをなくしてなどいないかのように。いや、最初っから兄ちゃんがいなかったかのように。ぼくは返事をしなかった。母ちゃんはまた口を開いた。

「お父さんと話したんだけどね、今年もマルディグラに行けたらいいよねって」

マルディグラの祭りを見に行くのは家族の恒例行事《こうれいぎょうじ》だ。でも、母ちゃんがいおうとしているのはそういうことじゃない。またマルディグラに行って新しいふつうを作ろう。そうやって前に進んで行くんだよ。カリッドはいっしょじゃないけどね、って意味だ。今年は感謝祭《かんしゃさい》のお祝いをしなかった。クリスマスもしなかった。兄ちゃんの誕生日《たんじょうび》があと数週間でやってくるけど、兄ちゃんがいない今は、祝う意味がない。

ぼくはマルディグラが好きだった。車で三時間かけてニューオーリンズに行って、イドリスおばさんの家に泊《と》まる。おばさんはいつもぼくや兄ちゃんに「あんたたちって、ますますじいちゃんに似てくるねえ」っていう。ぼくはじいちゃんに会ったことはない。ぼくが生まれるまえに街がハリケーン・カトリーナの津波におそわれた。じいちゃんは生き残ったけど、次の日にたおれて、もう目ざめることはなかった。「運がよかったんだか、悪かったんだか」イドリスおばさんはよくそういっている。おばさんは、じいちゃんが夜中に寝ているところに来てくれるんだよっていう。初めてそれをきいたとき、おばさんはなにをいってるんだろうと思った。だけど今なら、おばさんの話は本当だってわかる。じいちゃんに夢で会ったことはないけど、夜になるとぼくの夢に兄ちゃんが来てくれるからだ。

母ちゃんはぼくが答えないから、ちらっと父ちゃんのほうを見ながらいった。「おまえ、パレードを見るのが好きだったでしょ。イドリスおばさんにも会いたいしね。葬儀《そうぎ》のあともよくしてもらったから」

ぼくはときどき、わけのわからない夢を見る――湿地《しっち》を歩きまわって、太陽がさんさんとふりそそぎ、ワニが湿地のあちこちでぼくを追いかけまわす。サンディが白いトラックを運転してきてぼくをうしろの席に乗せ、お互《たが》いなにもしゃべらずにいる。町なかまで来て、ぼくはトラックから飛びおりる。兄ちゃんが通りの反対側に立ってて、ぼくを見てる。ただそれだけだ。兄ちゃんは、またトンボの姿にもどる前にぼくに会いにきたんだ。

でも、兄ちゃんにはぼくに教えたいことがまだ山のようにあった。ぼくに話さないままになってしまったことが。

母ちゃんがはっと息をとめた。「キング?」

気づくと頬《ほお》がぬれていた。いつのまにか涙《なみだ》が頬をつたい始めていた。涙をぬぐって席を立とうとしたら、母ちゃんに腕をつかまれた。その手を振りはらったら、母ちゃんは言葉をうしなった。

ぼくら三人はそのまま長いこと、なにもいわずにすわっていた。その時、家の電話のベルがなった。兄ちゃんはよくこの電話のことを笑った。「いまだに固定電話を使ってる家なんか、ほかにないよな?」って。ベルは鳴りつづける。だれも動かない。たぶん、みんな同じ笑い声を思いだして頭の中で聞いているんだ。やっと母ちゃんが立ちあがった。椅子《いす》を引くときに床がキーキーなった。母ちゃんは廊下《ろうか》にでたけど、テーブルから見える位置にいる。母ちゃんが受話器《じゅわき》をとった。「こんばんは」っておさえた声であいさつしている。「どうも。ええ、おかげさまで、かわりないです」って。ぼくは膝の上においた自分の手を見ていた。さっき泣いたのが恥《は》ずかしくて父ちゃんのほうを向けない。父ちゃんがどんな顔をしてるのか、こわくて見られない。怒《おこ》ってる？　がっかりしてるかな？　十歳からは一人前の男で、一人前の男は泣いちゃいけないって、父ちゃんがよくいってた。葬式の席で、体の中の、空気の中の、地球上の水を全部自分の外へしぼり出していたときより前のことだけど。

母ちゃんが静かにこたえている。「いいえ、見かけてません」ぼくは顔をあげた。父ちゃんも廊下に目をやっている。母ちゃんの声が低くなった。「そんな。ええ、はい、もちろんです。わたしたちにできることがあればおっしゃってください。ええ、はい、そうですね。ごめんください」

母ちゃんはカチャッと小さな音をたてて受話器をおいた。スカートを手でなおしながらもどったのに、すわろうとしない。椅子のうしろでためらっている。背もたれに手をおいて、すわろうかどうしようか考えこんでるように見えた。

「なんだったんだ？」父ちゃんがきいた。

「サンダース保安官からよ」母ちゃんがぼくをまっすぐ見た。「サンディ・サンダースの行方《ゆくえ》がわからないんだって」

第五章

　今日もルイジアナは暑い。あんまり暑くて、地面からもやがゆらゆらたちのぼっているのが見える。蜃気楼《しんきろう》だと兄ちゃんが教えてくれた。蜃気楼は、はるか遠くの砂漠《さばく》で見えるものだけど、ぼくの住む小さな町で見かける蜃気楼は舗装《ほそう》道路のひび割れや穴ぼこの上でゆらめいている。ぼくはサンディのことを考えていた。朝になってもまだ見つかってない。こんな暑い日に見つからないなんてまずい。熱中症《ねっちゅうしょう》だったらたいへんだ。それともどこかでなぐられるか、わなにかかるかして、強い日ざしの下で気を失っているとか、かもしれない。

　ゆうべ、母ちゃんからサンディのことをきいて、ぼくはすぐに夕食の席をたった。どうせ食べたくなかったし、父ちゃんや母ちゃんがいつまでもこっちをじろじろ見てたからだ。ぼくが今にも泣きだすんじゃないかと心配してるみたいだった。兄ちゃんだけじゃなく、仲のよかった友だちまで失うなんてかわいそうすぎると思ったのかもしれない。ぼくの心がぽきんと折れて、あたりかまわずなんでも投げとばして大声で叫《さけ》びだすんじゃないか、なんて考えてたのかもしれない。実際そんな気分だったから、父ちゃんたちにもわかったんだと思う。いつも感じていた怒《いか》りが体じゅうをかけめぐった。いろんなできごとがあったのに、このうえサンディのことまで心配しなくちゃならないなんてあんまりだ。この世にはなんの心配もなく、悲しみの涙なんか流さないで生きてる人がいるというのに。まるで、世界中の悲劇《ひげき》に追いかけられてるみたいな気がした。

サンディがいなくなったのなんか、どうだっていいと自分にいいきかせようとした。昨日の午後、三か月ぶりにサンディと言葉をかわし、昨日の午後、サンディはいなくなった。

最後にサンディを見たのは、ぼくなのか？　別れたあと湿地《しっち》でサンディになにかあったのか？　ワニにつかまったとか、足をすべらせて頭をぶつけたとか？　やっぱりぜんぶぼくのせいだ。前みたいに家の近くまでいっしょに帰ろうって誘《さそ》わなかったんだから。

サンディがどこにいるのか、なにがおきたのか、だれにもわからなかった。ぼくは口を閉ざしていた。トンボが飛びかうあの湿地でサンディを見たのも話したのも、ぼくが最後らしい。そんなのこわすぎていえるわけがない。サンディの父ちゃんは保安官なんだ。サンディがケガをしたりもっとひどい目にあったりして、それがぼくのせいだとサンダース保安官が思えば、ぼくは終わりだ。保安官はクー・クラックス・クランのメンバーじゃないかもしれないけど、その気になれば褐色《かっしょく》の肌《はだ》の人たちにきびしい仕打ちができる。まだ友だちだったころ、ぼくとサンディが話してるのをサンダース保安官が見かけると、なんでそこまでってくらいに顔をしかめて、ぼくをにらみつけた。ぼくはこわくなって、サンディにまたねっていって走って帰るしかなかった。あの時のぼくを臆病《おくびょう》というなら、前よりずっと臆病な今のぼくになにもいえるわけがない。

父ちゃんは、ぼくを学校に送っていくときラジオをつける。どの曲の合間にも、同じ話が流れてくる。「チャールズ・サンダースくん、通称《つうしょう》サンディくんの行方がわかりません。どなたでもお心あたりのある方は、こちらまで電話して……」

「おそろしいな」父ちゃんが首を左右に振りながらいった。そうだねってうなずいたけど、もし父ちゃんがサンディの秘密を知ったら、サンディは男の子が好きなんだってことを知ったら、なんていうだろう。サンディは、それが自分なんだと誇《ほこ》りをもっていってたけど、父ちゃんは恥《は》ずべきことだと考えている。

ほんの一年前も、ぼくはちょうどここにすわっていた。兄ちゃんと父ちゃんのあいだにむりやり割って入っていた。小さいころからうしろの席にいかずに、無理に兄ちゃんたちとすわって、大きくなったつもりで、首を目いっぱいのばしてフロントガラスごしに外を見ていた。そうやってすわっていたとき、ある男性が息子を殺したというニュースがラジオで読み上げられたことがあった。息子がゲイだとわかって殺したのだと。その時の父ちゃんは「おそろしい」とはいわなかった。サンディがいなくなったニュースが流れた時は、いったくせに。ゲイの息子が殺されたニュースでは、父ちゃんはなにもいわなかった。

父ちゃんは前に、ゲイはまちがってるといっていた。不自然だと。男の相手は女ってきまってる、そういうもんなんだと。そして、ぼくみたいな黒人の男の子は特にゲイであってはならないという決まりを押しつけた。

「黒人にゲイはいない」父ちゃんは、ニューオーリンズのイドリスおばさんのところで、感謝祭のごちそうを食べながらいったことがある。ぼくは兄ちゃんのとなりで目の前の大きな皿をじっと見ていた。「もし黒人にゲイがいたら、そいつは白人といっしょにいすぎたせいだ」イドリスおばさんは父ちゃんに、それはちがうよっていったけど、父ちゃんは聞く耳をもたなかった。

ぼくはガタガタゆれるトラックに乗りながら、ラジオでサンディのニュースを聞いていた。今ここで、サンディはゲイなんだよっていったら、父ちゃんはなんていうだろう。サンディとはもう会うなっていうんだろうか？

父ちゃんは、いつものように学校の真ん前でトラックをとめた。ぼくもいつものようにトラックからおりて、ドアを閉めようとした。でも、閉める直前に父ちゃんから「愛してるぞ、キング」っていわれた。

昨日と同じだ。

父ちゃんは、ぼくの返事を待たずに、背もたれに寄りかかってため息をつきながらラジオの選局《せんきょく》ボタンをいじっている。ぼくは口を開いた。「ぼくも愛してるよ」っていおうとしたけど、言葉が胃袋《いぶくろ》にわいてきて、喉《のど》につかえてるとき、父ちゃんがまたぼくを見た。父ちゃんの目におどろきの光がゆれて、それが悲しみの光に変わって消えた。きっと父ちゃんは、ぼくじゃなくて、ほんの一瞬カリッド兄ちゃんを見たにちがいない。ぼくがドアを閉めると、父ちゃんはすぐにトラックを出した。

いつものベンチには、もうみんながいて顔を寄せあってカミーユのスマホをのぞきこんでいた。ニュース音声が聞こえる。サンディのニュースだ。ジャスミンは背筋《せすじ》をのばしてベンチにすわっている。一晩中《ひとばんじゅう》泣いていたみたいに目が赤い。ぼくがとなりにすわると顔をあげた。ぼくとのあいだにあった怒りはもうおさまったらしい。

「サンディがいなくなったなんて、信じられない」ジャスミンはそういって、鼻をこすった。

「なにがあったか、おまえ、知らないか?」ダレルにきかれた。

アンソニーが、ぼくとジャスミンをじっと見ていった。「あれこれさわいでもむだだよ。自分の胸にしまっておこうよ」

「話くらい、したっていいでしょ」ジャスミンがいう。「つい昨日のことだよ。いなくなるなんてありえない」ジャスミンはすごくおどろいてて、人生そのものに裏切《うらぎ》られたみたいな言い方だった。ぼくはいらいらした。ジャスミンの泣き方を見てると、今まで大事な人をひとりも失ったことがないんだな、と思えてくる。

「あんたたちみんな、サンディが死んじゃったみたいな言い方してるけどさ」突然カミーユがいった。ぼくを横目で見てるのがわかる。「この中には、ほんとに大事な人をなくした人がいるんだよ。知ってんでしょ。サンディは、ただいなくなっただけ。今にもふらっともどってくるかもしれないんだから」

「もどってこなかったら？」ジャスミンがきく。

「そしたら、そうなったときに考えればいいだけだよ」カミーユはスマホの画面をタップしてニュース画面を消した。「今のあたしたちにできるのは、サンディは無事でいるって信じることだよ、ねっ？　まだなにも起きてないのに泣いたってむだむだ」

ジャスミンが目と頰と鼻をぬぐった。ぼくもだけど、ジャスミンも、カミーユがこんなに賢《かしこ》くてまともなことをいうのを聞いてびっくりしていた。と、さっそくカミーユがブリアナに向かって、ローレンがテディベアのソックスをはいてきてるとかなんとかいいだしたから、あっというまにその場の雰囲気《ふんいき》が変わった。

「サンディがいなくなったんだもん、悲しんだっていいよね、ね？」ジャスミンがぼくに小声でいった。泣いてもいいよって許《ゆる》してもらいたいみたいに。

「たぶん、カミーユのいうとおりだ。もう少しようすを見ようよ」

ジャスミンはうなずいた。うしろめたい気がした。ぼくの知ってることが、サンディを探す手がかりになるかもしれないからだ。ぼくはサンディが昨日いなくなる直前にいた場所を知っている。そんな大事なことをだまっているのをジャスミンに知られたら、きっとすごく嫌《きら》われるだろう。

その日は一日中、先生の話をまともにきいてる生徒はひとりもいなかった。みんな、耳にしたうわさをひそひそ話している。サンディは誘拐《ゆうかい》された。ニューオーリンズにうろついていた誘拐犯がこの小さな町にもやって来たんだ。それとも、茂みを歩いてるうちにワニにかみ殺されて水中に引きずりこまれたか。エイリアンにおそわれて宇宙に連れて行かれたなんてことまでいうやつもいた。

昨日サンディに会ったって話したらどうなる？　もし、サンディがハリケーン・カトリーナで亡くなった人たちみたいに湿地で発見されたら？　カトリーナがルイジアナをおそったのはぼくが生まれる前の年だけど、学校で習ってて被災日《ひさいび》にみんなでもくとうする。ダレルはよくスマホで被災写真を見てるのを、亡くなった人に失礼だとジャスミンにいわれてる。ぼくも同じ意見だ。

サンディがそんな写真みたいな目にあってるかもしれないと思うと、こわくて鳥肌《とりはだ》がたってくる。サンディまで死んでしまったかもしれない。あいつの葬式《そうしき》に行かなくちゃならないのか。抜《ぬ》け殻《がら》になったサンディの体を見なくちゃならないのか。マイキー・サンダースが死んだ弟を前にして泣くのも見ることになる。どんなに強がってたって、マイキーも泣くはずだ。カリッド兄ちゃんが死んだときにぼくが泣いたみたいに。

終業のベルが鳴ると、サンダース保安官が捜索隊《そうさくたい》を募《つの》って、町の中央広場に集まることになっているとジャスミンからきいた。ぼくらも、カミーユやダレルでさえ、捜索に加わることにした。学校の半数近い生徒や先生、それにほかのおとなたちもいっしょに、校内の駐車場から集合場所に向かった。サッカー場を横切り、ひび割れのある穴ぼこだらけの歩道を進んでいく。四角いコンクリートの建物、刈《か》りこまれた茶色の芝生《しばふ》、警察署《けいさつしょ》やマクドナルドの店、教会を通りすぎた。中央広場には町じゅうの人が集まっていた。

車道も歩道も人であふれ、だれもが汗だくで、シャツのすそで顔の汗をぬぐったり、手近にあるもので顔をあおいだりしている。親切な人がビン入りの冷たい水を持ってきて配ってくれた。ハンドマイクやホイッスルやトランシーバーを持ってきている人がいる。登山靴《とざんぐつ》にTシャツ、短パンといったハイキング姿の人もいた。報道関連の人まで来ていて、捜索の様子をもらさず撮影《さつえい》しようとしている。

だれかの話しが始まってみんなが静まった。つま先立ちをしてみたら、サンダース保安官が裁判所前《さいばんしょまえ》の階段《かいだん》の上に立ってマイクをもっているのが見えた。大きなはっきりとしたがらがら声で、今日は息子の捜索のために集まってくれてありがとうといっている。保安官とサンディは親子なのにあまり似てない。マイキーのほうが父親似だ。鼻のまわり全体の日焼けとか、ふっくらした頬とか、小さくて青いうるんだ目とか。保安官は、いつも制帽《せいぼう》をかぶっているから髪の色はわからない。胸のバッジが午後の光を受けてきらきらしている。

保安官は大きく息を吸った。「チャールズは」と話しだす。保安官はサンディをいつもチャールズと呼んでいる。「昨日の午後から行方《ゆくえ》がわからない。なにかに巻きこまれたのかもしれない。だれかに連れ去られたことも考えられる。だが、皆さんにこれだけはいっておく。もし、息子を傷つけるやつがいたら、俺《おれ》は……」だれかが保安官の耳にささやいた。保安官はそこで言葉を切った。赤らんだ顔を大きなぶあつい手のひらでぬぐった。

「今日は集まってくれてありがとう」保安官はまたお礼をいった。「チャールズは大事な息子だ。うちの次男だ。感じやすくて物静かで想像力のゆたかな子だ。人を傷つけることは決してない。こんなことはだれにもあってはならないが、とりわけチャールズにはいけない。だから頼む」保安官がごほんと咳《せき》ばらいをすると、すでに静まっていた群衆《ぐんしゅう》がいっそう静かになった。「どうか。息子の捜索に手をかしてくれ」

となりにいたジャスミンが、ぼくの手をとってぎゅっとにぎった。ぼくはその手を見てとまどい、ちょっと困った。こんなのダレルに見られたら、しつこくからかわれるに決まってる。

「ぜったいサンディを見つけようね」ジャスミンはまっすぐ前を見ながらそういった。もちろん同感だ。

捜索が始まると、みんなでちりぢりにわかれてサンディの名前を叫びながら歩きまわった。ぼくはジャスミン、ダレル、カミーユといっしょに八番街を進み、日に焼けてペンキがはがれてレンガが欠けてるビルが並んでいるわきを通りすぎた。小鳥がチュンチュン鳴いている。いい天気で、空が青く澄《す》み、白い雲がふんわりういている。サンディが行方不明だとか事情がわからないとか、そんなことがなければこんなにすてきな日はなかった。

「悪かったなって思ってるんだ」カミーユが話しだした。「サンディのこと、けっこういじっちゃったからさ」

ジャスミンがカミーユと腕を組んで、そのまま歩きつづけた。

「おれは悪かったなんて思ってない」ダレルが小声でぼくにいった。「そりゃ、いなくなったのは心配だよ。だけどさ、だからって、変なやつってことは変わらないじゃん。ゲイだし」

ぼくは口をかたく結んで、こぶしをにぎりしめた。怒りがどんどん、どんどん大きくなって、こぶしを振りまわしてダレルの顔をぶんなぐりたいほどだった。「サンディがゲイだからって、いなくなっていいってことはない」ぼくはいった。そう、たぶんそういった。でも、その言葉が口から出たとき、怒りのあまり声が大きくなりすぎて、自分でもおどろいてちょっと飛びあがった。ジャスミンとカミーユが、ぎょっとした目でぼくとダレルを見ている。

ダレルは両手をあげた。「落ちつけって。あいつがいなくなってもいいとはいってねえよ。変人だっていっただけだ」

「ゲイは変人なの？」ジャスミンが割りこんできて、ダレルをにらんだ。

「おいおい、あのさ、聞けよ」今度はダレルが大きな声をだした。「おれだって、ここにいるんだぜ。あいつを探してる。おまえらと同じようにさ。だろ?」

ジャスミンはダレルにもう言葉を返さなかった。そのままぼくらは歩きつづけて、交代でサンディの名を呼んだ。

ジャスミンはどんどん近寄ってきて、そのうちぼくらはふたりで歩いていた。カミーユとダレルはだいぶ前を歩いている。「サンディがゲイだってこと、キングがいったんじゃないよね?」ジャスミンにきかれた。

ぼくは目をぱちぱちするばかりで、下ばかり見ていた。土も草もぼくらに踏《ふ》まれたりけられたりして、頭にこないんだろうか。人間がなんにも考えないで自分たちの小さな世界を踏みつけているというのに。

ジャスミンに腕をつつかれたので「そんなつもりはなかったんだ」と答えた。

ジャスミンは首を横にふった。見るからにまたぼくに腹を立てている。こんなに怒《おこ》っているのは初めて見た。立ちどまって、どんどん目を細くして、ついにはぎゅっと閉じた。ああ、やっぱりかなり怒ってる。「サンディがいってたの。ゲイのことは自分が好きな人にしかうちあけないつもりだって。信頼《しんらい》できる人だけにいうって。サンディはキングを信用して本当のことをいったんだよ。なのに、なんでダレルやカミーユにぺらぺらしゃべったの?」

「そんなつもりはなかったんだ」ぼくはまたいった。でも、声にも体にも気持ちにも力がはいらない。ジャスミンは正しい。ぼくはしくじった。ここんところ失敗ばかりだ。しかも、昨日サンディに会ったことをかくしている。こわくてまだだれにもいえてない。「ごめん」とジャスミンにあやまった。

「キングがあやまる相手は、わたしじゃないよ」ジャスミンはそういって、ずんずん歩いていってダレルやカミーユに追いつき、サンディの名前を大声で呼んだ。

長いことサンディの名前を叫んでいたせいで、声がガラガラになって、ネコが食べ物をさがしてギャーギャー泣いてるような声になった。だいぶ遠くまで来たから、捜索隊のおとなたちのなかに顔見知りはいなくなってる。太陽もだいぶかたむいてきた。青かった空が濃紺《のうこん》に染《そ》まっていく。ダレルがもう帰るっていいだした。カミーユもダレルと帰るといって、ぼくとジャスミンをハグしていった。「心配しないで大丈夫だよ。サンディはきっと見つかるから」

ジャスミンはもっとサンディ探しをつづけようとしてたけど、ぼくは疲《つか》れたといった。ジャスミンはがっかりした顔になったものの、いい返さなかった。

「今日のキングには本当に頭にきた」ぼくは、わかってるよと答えて、ごめんとあやまった。

「でもわたしたち、まだ友だちだよね。友だちは友だちを許せるんだよ。だから……」ジャスミンがぼくの手をとる。あったかい手だ。ぼくの手もあたたかかったけど、一日中歩いたせいで汗ばんでるから、こんなふうに手をにぎられたくなかった。なのにジャスミンは、強くにぎってくる。「約束《やくそく》して。サンディが見つかったらあやまるって。ね?」

ぼくはジャスミンにそうするって答えた。そしてジャスミンは、ぼくとそこで別れて町にもどっていった。

ぼくはジャスミンのうしろ姿をずっと目で追った。見えなくなってから、町とは反対方向に歩きだした。歩いていくうちに太陽がしずんで、シャツが汗ではりつき、スニーカーをはいた足がずきずき痛くなってきた。今日まで毎日欠かさずこの湿地にやってきては、トンボの姿をながめた。そして昨日、まさにここでサンディに会ったんだ。

サンディの姿はない。足跡《あしあと》もない。名前を呼んでも返事がない。セミと鳥が鳴いていて、トンボがひらひら飛んでるだけだ。

ぼくはそこに立ってトンボを見つめた。そういえば、ここ数か月で初めてカリッド兄ちゃんのことを考えてなかった。トンボになる前の兄ちゃんのことも、トンボになってからの兄ちゃんのことも。

サンディ・サンダース。なにがあったんだよ？

第六章

　家に着くころにはとっくに日が暮《く》れて、あたりは真っ暗になっていた。父ちゃんはリビングで、ビニール張りの椅子《いす》にすわっていた。ぼくがドアを開けると、父ちゃんが立ちあがり、母ちゃんも大急ぎで奥から出てきた。母ちゃんはなにもいわずにぼくを引き寄せてきつく抱《だ》きしめてから、ぼくの両肩をつかんで体をはなした。

「どこ行ってたの？」きりきりした声で母ちゃんにきかれた。

「捜索《そうさく》の人たちといっしょにいたんだ」

　父ちゃんが腕を組む。「捜索は一時間も前に終わってるぞ」

「そのあと、散歩してたんだよ」

　母ちゃんがぼくの肩をぶんぶんゆらした。「男の子がひとりいなくなった次の日に散歩？　気は確かなの？」

ぼくの気は確かだけど、母ちゃんはそうでもなかった。この三か月、ぼくは毎日おなじところに散歩にいっていた。サンディがいなくなったからって、行っちゃいけないのか？　だけど今、母ちゃんに逆らってもむだなのはわかってる。カリッド兄ちゃんがいつもいってた。「母ちゃんと父ちゃんには、自分が正しいって思わせておけよ。たとえ、向こうがまちがってたとしてもな」って。だから、ごめんなさいとあやまった。母ちゃんは、それで満足したみたいだった。

だけどぼくには、ほかにいわなきゃならないことがある。聞いてもらわなきゃならないことが。

勇気を振りしぼって、残っている最後のひとかけらまでかき集め、なんとか話しはじめた。

「いわなきゃいけないことがあるんだ」

ぼくは息をすって、昨日のちょうど今ごろ、母ちゃんが電話を受けたあとすぐにいうべきだったことを話した。

「昨日、サンディ・サンダースに会った」喉《のど》がひりひりして、声がかすれる。「湿地《しっち》のそばで」

母ちゃんはためらうことなく立ちあがり、大急ぎで廊下《ろうか》に出た。受話器をとって電話をかけてる。ぼくは下を向いて自分の手をじっと見てたけど、父ちゃんの視線を感じていた。

「どうして、もっと早くいわなかったんだ？」父ちゃんにきかれた。

父ちゃんの目を見られない。「こわかったから、です」

「こわかった？」父ちゃんがくり返す声は困惑《こんわく》していた。

そう。こわい。サンディの父ちゃんがこわい。ぼくのせいでサンディがいなくなったたってみんなに思われるのがこわい。だけどなにより、サンディとふたりでいた事実が気まずい。サンディと話しちゃいけないのはわかってた。サンディがどんな子かわかってて仲良くしてるのを知ったら、兄ちゃんはきっとぼくを恥《は》じるだろう。

父ちゃんは、もうなにもいわなかった。母ちゃんは、話し終えて電話を切った。腕組みをしてぼくを見ている。「もう部屋にいって寝なさい」

夕食抜き？　そんな罰《ばつ》は長いこと受けてなかった。兄ちゃんが死んでからは罰を受けることがなくなって、やろうと思えばどんなことでもやれた。日常がもどってきたってことか。母ちゃんは前みたいに、悪さをしたぼくをきびしい目つきでにらんでいる。母ちゃんに叱《しか》る気力が残ってるのがわかって、ぼくは少しほっとした。今の母ちゃんは、作り笑いをしていない。

こんなときの母ちゃんには逆らっちゃだめだ。なにもいわずにテーブルを立って、自分の部屋にはいってドアを閉めた。ベッドのはじに腰かけたけど、兄ちゃんとすごした部屋の中でじっとしてるのなんてむりだ。特に今夜は。いつもの痛みを感じる今は。痛みはぼくの胸に穴を掘って住みついている。死霊《しりょう》みたいにぼくにとりついている。今夜の痛みは、どんどん、どんどん強くなる。兄ちゃんといっしょに寝ていたベッドにこのままずわっていると、自分が悲しみのかたまりでしかなくなるような気がした。

窓枠《まどわく》に体重をかけてガラスを押しあけると、重苦しい熱気《ねっき》が入りこんだ。窓によじのぼって、乾《かわ》いた草の上にドサッとおりたった。はだしで草をふみながら裏庭を行くと、とがった小石が足の裏にくいこんでくる。庭は荒れ放題だ。以前は花やトマトなんかが植えてあったけど、今は雑草しかない。草は丈高《たけたか》くうっそうと伸《の》びてツルがマグノリアの木から垂《た》れさがっている。そんなジャングルのなかを数メートルほど歩き、庭の真ん中にはられてあるテントに行った。

このテントはキャンプ用で、布地を広げて地面にくさびでとめるものだ。兄ちゃんが子どものころ、ツリーハウスをしきりにほしがったから、父ちゃんがテントでかんべんしてくれってことで庭に設営した。建設現場で働いて疲《つか》れて帰ってくる父ちゃんにはツリーハウスを建てる力なんか残ってなかった。兄ちゃんがテント遊びをしなくなったあと、テントはぼくのものになった。外側は紺色《こんいろ》で、内側はクリーム色と茶色。中には、寝袋《ねぶくろ》と枕《まくら》とラジオがある。夜、ここで寝るときはラジオを聴きながら寝た。兄ちゃんが死んで、葬儀《そうぎ》の最後に兄ちゃんの体が地面の穴におろされていくのを見てからというもの、自分がなにかに丸ごと飲みこまれてしまいそうでこわかったけど、このテントにいればこわさを忘れられた。ここでなら呼吸できる。呼吸をつづけられる。

入口のジッパーをあけて中に入ろうとしたら、ふいに影が動いて心臓《しんぞう》がとまるかと思った。目が慣《な》れてくると、脳も機能しはじめた。ぼくは暗闇に目をこらした。

「サンディ？」

サンディがテントの中ですわっている。ポテトチップスやプレッツェルの袋《ふくろ》がそこらじゅうにちらばり、コーラの空《あ》き缶《かん》もころがってる。やばい、という顔だ。でも、その顔にはまだらもようの腫《は》れもある。頬《ほほ》と左目にあざがあって、下唇《したくちびる》が切れている。

「サンディ」ぼくはもういちど名前を呼んだ。どう見てもサンディだし、サンディも名前を呼ばれたのがきこえてるはずだ。「ここでなにしてるんだよ？　大丈夫なのか？」

サンディはシーッと指を唇にあてた。ここはぼくの庭で、ぼくのテントなのに。「はやく、入れよ」サンディがいう。

ぼくは首を横にふったけど、しゃがんでテントに入ってジッパーを閉めた。

「どうしたんだよ？」小声で問いつめた。「町じゅうの人がおまえを探してるぞ」

「わかってる」サンディはもじもじしながら寝袋を見おろしている。

「だったら、なにしてるんだよ。おまえの父ちゃん、すごく心配してるんだぞ。記者会見を開いて、捜索隊までととのえてさ――」

「捜索隊？」サンディがオウム返しにいう。やばいと思ってるのが顔に出てる。

ぼくらはすわってお互《たが》いを見た。サンディの髪は麦わらみたいな淡《あわ》い黄色で、顔にはソバカスがたくさんある。ぼくはふと、最後にこのテントでサンディと過ごしたとき、秘密をうちあけられたのを思いだした。そのときぼくも秘密をうちあけたけど、サンディはぼくの秘密を守ってくれた。そのあと兄ちゃんから、もうサンディ・サンダースと会うなといわれたんだった。

あれは考えてみたら、ここで会ってたせいだ。ここにふたりっきりでいたせいだ。このテントはぼくたちふたりだけの小さな世界だなんて思いこんでたせいで、兄ちゃんに話を聞かれて、サンディと会うのをやめろなんていわれてしまった。あのときテントであんな話をしてなければ、今でもぼくとサンディは友だちでいられただろう。

「その顔、どうしたんだ?」サンディは答えない。ポテトチップスの袋に手をつっこんでがさがさ探り、ひとつつまんで口に入れ、カリっとかんだ。

「だれにもいわないでくれ、たのむ」サンディは、やっとそういった。

「うちの庭にかくれてることを? むりだよ! ずっとここにいるわけにはいかないよ」

「たのむから、だれにもいわないでくれよ」サンディはぼくの腕をつかみ、ぎゅっと力をこめた。その手を振りはらおうとして目があった。「たのむ。たのむよ、キング。絶対だれにもいわないでくれ」

「できないよ。おまえの居所《いどころ》を知ってるのがばれたら大問題になる。それにさ、おまえの父ちゃんはどうするんだ? マイキーは?」

サンディはぼくの腕をはなした。「マイキーならおれが無事だってわかってる。父ちゃんは……」サンディは大きく息をはいた。「おれ、しばらくいられる場所が必要なんだ。かくれるところが」

「かくれるって、なにから?」サンディは答えない。「いいから、いえよ」そういっても、答えない。顔じゅうのあざ、下唇の傷。いつも不思議に思ってたけど理由をきいたことはなかったし、話題にしたこともなかった。「父ちゃんか……おまえ、父ちゃんになぐられたんだな？」

サンディはまだぼくと目を合わせない。自分の手をじっと見おろし、背筋《せすじ》をぴんとのばし、頭をぐっとあげた。「父ちゃんはおれの居場所なんか知らなくていい。わかったか？　ほっといてくれよ」

サンディは困ってるぼくの表情を見ていった。「助けてくれなんていわない。無理になにかをしてくれなくていい。見なかったふりだけしててくれ。なんにも知らないことにすれば、だれもおまえを責めない」

「そうかもしれないけど」いつまでもこんなことがつづけられるとは思えなかった。

第七章

　結局、サンディをそのまま庭のテントにほっといた。ほかにどうしたらいいかわからない。だれにもいわないでくれ、新しい居場所を秘密にしといてくれってサンディは必死だった。ぼくは、このあいだサンディの秘密をばらしてしまったことをひどく後悔していた。ジャスミンは正しい。サンディがゲイなのは、ほかの人には関係ないことだ。なんでぼくは、カミーユやダレルにぺらぺらしゃべっちゃったんだろう。そう考えるだけで、燃えさかる炎《ほのお》にじりじり焼かれる思いがする。今度もまたサンディの秘密をばらしたりしたらなおさらだ。

　窓から部屋にこっそりもどって、ベッドにもぐりこんだ。このベッドはもともとカリッド兄ちゃんのもので、ぼくが生まれてからはふたりで寝て、今はぼくだけのものになった。ものごとの移りかわりっておもしろいものだな。まあ、このベッドの移りかわりは、胸が痛くなるたぐいのおもしろさだけど。

黄色い線のような光がドアの下から差しこんできて、ぶつぶついう声や、ひそひそささやく声がした。テレビの音じゃない。キッチンからだ。ぼくが部屋に引きあげた後に母ちゃんと父ちゃんがこんなふうにしゃべってるのは、ひさしぶりだ。そっとドアを押して、数センチだけすきまをあけた。

「……サンダースさんの子どもが見つからなくてもかまわないっていうの？」母ちゃんの声だ。

父ちゃんは答えない。

「考えてもみて」母ちゃんがちょっと間をおいてから、かすれた声でいった。「なにがあったか、わからないのよ。無事かどうかもわからない。もっとひどい目にあってるかもしれない。見つからないだけじゃなくて……」

父ちゃんはまだなにもいわない。

「だめ。やめましょ。今のあたしたちよりつらいなんてこと、ないものね」

父ちゃんの低くて冷たい声がした。「自業自得《じごうじとく》だ」

「あの子は、なんにもしてないのよ」

「上の息子はした」父ちゃんがすぐに言葉をかぶせる。「父親もした。じいさんもだ。あの一家は何度もひどいことをしてきた」

「だからあの子が家族にかわって罰《ばつ》を受けるっていうの？」母ちゃんはたぶん、いつもどおり首を横にふってるんだろう。唇《くちびる》をかたく結んだままで。

「自業自得だ」父ちゃんがまたいった。「肌《はだ》の色がちがうってだけの理由で人を殺してるやつらがいる。黒人を湿地《しっち》で引きずりまわしたりしてな。保安官だって同罪だ。無実の人間を逮捕《たいほ》して、人生の大半を監獄《かんごく》にとじこめてるんだから」それから父ちゃんは、きたない言葉を吐いた。ぼくの前ではぜったい使わないような言葉を。「俺《おれ》がいってんのは、サンダースのやつらも少しは痛みを味わえばいいいってことだ。町のみんなをさんざん痛めつけてきたんだから」

話は終わった。父ちゃんの「俺がいってんのは」という言葉は、それで打ちきりという合図だからだ。ここからだとふたりの様子は見えないけど、母ちゃんが口をかたく閉じてあれこれ考えてるのがわかる。なにを考えてるのか知りたい。父ちゃんがいったことは信じたくない。マイキーや父親やおじいさんがやったことの報《むく》いをサンディが受けるべきだなんて。

ぼくはドアにもたれて、スーハーと肺《はい》から出たり入ったりする呼吸の音をたっぷり一分くらい聞いていた。そのうち、父ちゃんがシーッと静める声やつぶやく声、そして母ちゃんのすすり泣きが聞こえた。おさえたようなむせび泣きは、まるで沸騰《ふっとう》した鍋《なべ》に手を突っ込んで息をのんだときみたいだ。それが低くふるえる泣き声にかわり、空気がゆれてぼくの両腕の毛が逆《さか》だった。

そんな音を聴《き》くのはこれで三回目だ。一回目は、玄関《げんかん》をノックする音がしてサンダース保安官が知らせをもってきた日だ。保安官がぼくたちみたいな肌の色の人たちを嫌《きら》ってるのはみんな知ってることだから、ぼくはおびえた。母ちゃんもびくついて両腕がこちこちになっていた。

保安官はどんな知らせなのかなかなかいおうとしない。口をあけたまま、ぎらつく太陽の下にいるから肌が赤くなっていく。保安官がやっとなにかをいったとき、ぼくは聞いてなかった。というより聞いてたんだろうけど、気持ちがついていかなくて、ただの雑音《ざつおん》にしか聞こえなかった。母ちゃんはぴくりとも動かず、なにもいわなかった。保安官の口から出た雑音に返す言葉をもってなかったからだ。あんな雑音に答える言葉なんか、この世にはない。だから、母ちゃんの口から出てきたのは、低く、波のようにふるえる泣き声だけだった。母ちゃんの口から、肺から、魂《たましい》から出てくるその音は、それまでいちども聞いたことがない音だった。

保安官は母ちゃんをすぐに病院に連れて行こうとしたけど、母ちゃんは保安官の目の前でドアをバタンと閉め、床にくずれおちて激《はげ》しく泣き叫んだ。その声がぼくの骨までゆらした。こわくて兄ちゃんとつかっていた部屋に逃げ込んでドアを閉め、枕《まくら》の下に顔をうずめた。保安官の口から出た言葉を脳《のう》がだんだん理解しはじめたけど、信じたくなかった。保安官はまちがってる。母ちゃんもまちがいに気づいて泣きやめばいいのにと思った。

父ちゃんは仕事先で知らせを受けた。家に帰ってきた父ちゃんは、部屋にいるぼくのことを気にもとめずに母ちゃんといっしょに病院に行った。ぼくがひとりでリビングにすわっていると、また玄関のドアがあいた。帰ってきた母ちゃんと父ちゃんの顔はこわばってたけど、目はぬれてなくて、ぜんぜん泣いてなかったみたいに見えた。病院でのふたりの様子が目にうかぶ。きっと、だれに対しても丁寧《ていねい》にお礼をいってたんだろう。家につくまでこらえにこらえて、帰ったとたんに体じゅうにつまっていた痛みを解き放とうとしていた。そうやってひびいてきたのが母ちゃんの泣き声だった。低くふるえるように泣いて、足もとをゆるがすような、地面を引きさくような声だった。

二回目にそのふるえる音を聞いたのは、兄ちゃんの葬式《そうしき》の日だ。母ちゃんは化粧《けしょう》をしながら髪にカーラーを巻いていた。朝のうちはまだ泣いてなくて、ひとことも言葉を発しなかった。ロボットみたいにぎくしゃくとぼくのシャツの襟《えり》をなおすと、特別な日しか使わない真珠《しんじゅ》のイヤリングをつけた。まだカーラーをつけたまま、母ちゃんはいきなり泣きだした。呼吸することさえ忘れたみたいにえんえんと泣き声がつづいた。声がどんどん低くなり、きしむような、こすれるような音になって、母ちゃんが床にくずれおちた。そしてついに、あえぎながら叫《さけ》び声《ごえ》をあげた。父ちゃんが走ってきて、叫びまくっている母ちゃんを両腕で包《つつ》んだ。その叫び声は今もぼくの耳の中で反響《はんきょう》している。世界中の痛みが、悲しさが、寂《さび》しさが、辛《つら》さが、母ちゃんの肺から流れ出ていた。

そして今夜が三回目だ。キッチンからもれてくる泣き声がくぐもってきて、息をのんだりふるえたりしている。母ちゃんが父ちゃんの肩に顔を押しあて、父ちゃんも声を出さずに泣いているのが想像できた。父ちゃんは葬式の時もそうやって静かに泣いていた。ありったけの水という水が、父ちゃんの体からあふれでていた。ふたりが今もあんなふうに泣いてるなんて知らなかった。母ちゃんと父ちゃんはつらい気持ちをかくして、ぼくが部屋に入ってドアを閉めたあとに、こうやって毎晩泣いていたのかもしれない。

流しに皿があたる音や、足音やドアが閉まる音がした。ドアの下からさしこんでいた光が消え、ふたたび真っ暗になった。向きなおってベッドに入り、真っ黒い天井《てんじょう》をにらんだ。今夜は夢でカリッド兄ちゃんに会いたい。


あたり一面トンボだらけだ。髪にも腕にもトンボがとまって、水晶模様《すいしょうもよう》の羽をゆらしてぼくを包んでいる。目の前をふわりふわりとゆっくり横切ったり、耳や鼻に入ろうとしたり。何百、何千ものトンボがいるから、ぼくまでトンボになった気がした。だけど、このトンボの中にカリッド兄ちゃんはいなかった。

トンボたちが、はじけたみたいにいっせいに舞《ま》い上がった。かと思ったら、煙《けむり》がはれたみたいにいきなり兄ちゃんがあらわれた。ぼくの前に立ってこっちを見ている。いつもの夢と同じだ。ぼくは兄ちゃんの名前を叫んだ。

兄ちゃんとふたりでベッドに腰かけた。今日の兄ちゃんは眠ってない。壁《かべ》にもたれかかって、窓から月明かりをみている。ぼくにも窓の外のちらちらする明かりが見える。見たこともない惑星《わくせい》がいくつも空に並んでいる。紫色《むらさきいろ》の大きな惑星の表面には大理石《だいりせき》のような渦《うず》がある。もっと大きな赤い惑星は残り火みたいで、緑と青の小さな惑星は地球らしい。兄ちゃんの褐色《かっしょく》の肌に、窓からさしてくる銀色の光があたっている。兄ちゃんがいつものようにニヤッと笑う顔がどうしても見たい。だけど兄ちゃんの顔は肖像画《しょうぞうが》のように動かない。あの日の棺《ひつぎ》の中にあった体みたいに、今は土の下に埋《う》まっている体のように、ぴくりとも動かない。

「ぼく、どうしたらいい?」兄ちゃんにたずねたけど、そもそもなんでそんなことをきいているのかもわからなかった。

「不思議だと思わないか?」兄ちゃんがいった。

「なにが?」

「宇宙の始まりのことだよ。神様がつくったという人もいるし、科学とエネルギーと、人間には理解できない別のなにかが作用してできたっていう人もいる。宇宙は今も拡大《かくだい》してて、何百光年、何千光年もの広がりになっている。ここから見える多くの星は、とっくに滅亡《めつぼう》して存在してないらしい。それが本当なら、ここにあるものは、何百光年、何千光年も前に生まれてたってことじゃないか? つまりさ、おれらはみんなとっくにいなくなったも同然で、宇宙全体は一瞬のうちに始まって拡大して、そして消えるんだよ」

さっぱりわからない。だから意味わかんないよっていった。兄ちゃんの唇《くちびる》がちょっとひんまがった。言葉がきこえてきたけど、兄ちゃんの口から出てきたものではなかった。

「心と体は別なんだ」

「なにいってんの?」

兄ちゃんは目を閉じる。

「会いたいよ、兄ちゃん」

兄ちゃんは消えた。さっきまでとなりにいたのに、もとからいなかったかのように姿を消した。ぼくの中の痛みが強くなって、ほんの一瞬で水の中にしずんでいった。青くて透明《とうめい》な水が、しずめばしずむほど灰色や茶色ににごっていく。あぶくがあがってきて、ぼくの肌をくすぐった。トンボの羽みたいに。

起きたとき、ぼくは泣いていた。目もあけてないのに太陽の光がまぶたの裏でピンク色に光っている。いつもはうなりながら寝返りをうって、シーツで顔をかくす。母ちゃんが起こしにきてドアをがんがんノックしながら、もう起きて支度《したく》しないと学校に遅れるよっていう声がするまで起きない。だけど今朝《けさ》は痛みがずっしりと胸にいすわっていて、今にも肌を突きぬけて外に飛びだしそうだ。塩の味がする。兄ちゃんの名前を叫びたい。しようがないからカリッドを返してやるかって死者たちがあきれるくらいに長く、激しく叫びたい。

シーツをつかんで頭にかぶせようしたとき、ぱっと目があいた。夕べのことが頭によみがえった。サンディ・サンダースがどこにいるか、ぼくは知っているんだ。

ベッドから飛びおきて涙をふき、ドアをそっとあけ、忍《しの》び足《あし》で廊下を歩いた。耳をすまして母ちゃんや父ちゃんの様子をうかがった。ふたりの寝室のドアは閉まっている。レンジの上のデジタル時計は五時五十四分を示している。母ちゃんの目覚ましはいつも六時にセットされているから、あまり時間はない。いそいでキッチンにいって、タイルの床を靴下《くつした》でさっとすべって移動し、冷蔵庫《れいぞうこ》からミルクを出した。ボウルにミルクを注《そそ》ぐと白い泡《あわ》がたった。食器棚《しょっきだな》からシリアルの箱《はこ》をとりだす。ミルクをこぼさないようにバランスをとりながらボウルとスプーンとシリアルをもって外に出て、明るい朝日を受けながら裏庭に向かった。野の花や雑草《ざっそう》やマグノリアの木々がうっそうと生《お》い茂《しげ》っている。

地面と草は朝露《あさつゆ》でしっとりとして、テントの表面にはビーズみたいな水滴《すいてき》がついている。シリアルとボウルを地面においたとき、うっかりしてミルクが靴下にかかる。それから入り口のジッパーをあけた。

サンディはハッとして起きあがったけど、ぼくだとわかってほっと胸をなでおろした。「キング！　オーマイゴッド！　おどかすなよ！」

「軽々しく神様《ゴッド》を呼ぶな」どうしていけないのかは知らないけど、母ちゃんがよくそういう。ぼくは水にとびこむ前みたいに大きく息を吸ってから、かがんでテントに入り、さっきおいたシリアルをとってジッパーを閉めた。サンディとふたりでこのテントにいるとちょっと緊張《きんちょう》する。ここで秘密をうちあけられたのは、そんなに前の話じゃない。それを兄ちゃんが聞いて、もうサンディと友だちでいるのはやめろっていったんだ。こうしてサンディをかくまってるのを兄ちゃんが知ったら、きっと喜ばない。ぼくがなんでこんなことしてるのか理解できないだろう。ぼくだって本当はよくわかってない。

ボウルとスプーンとミルクとシリアルをおいてすぐにテントから出ていきたいって心のどこかで思ってた。それにはサンディも気づいているようだけど、なんとも思ってないみたいだ。そりゃそうだ。いまさら、ぼくからひどいことをされてもおどろかないだろう。

ぼくはシリアルをそっとすすめた。「食べろよ」

サンディはありがとう、といってシリアルの箱をつかみ、ざーっとボウルのミルクにかけて、あっというまにかきこんだ。テントの中には、プレッツエルやらポテトチップスやらクッキーやらの袋《ふくろ》が散らばっている。どれもみんな空《から》っぽだ。かけらも残ってない。

「いつからここにいるんだ？」そうききながらあぐらを組んで、そわそわとシャツのすそをいじっている。そんな仕草《しぐさ》をすると、よく母ちゃんに手をたたかれて、もじもじするのをやめなさいといわれる。

サンディはシリアルをほおばったまま話しだした。これも母ちゃんに叱《しか》られそうだ。

「おとといから」

「あのあとすぐにここに来たのか？　湿地《しっち》で会ったよな？」

サンディはうなずいた。「やぶにかくれながら後をつけてきた。おまえ、ちっとも気づかねえし」

「ほんとか？」

サンディがこっちを見た。「うそだよ、キング。そうじゃねえよ。おまえってさ、すぐ人のいうことを信じちゃうのな」

からかわれたみたいで、ちょっとむっとした。サンディはボウルをかたむけてミルクを飲み干した。またシリアルの箱に手を伸《の》ばしたけど、ひったくってやった。ちょっと意地が悪いけど、サンディだって意地が悪いんだからかまわない。

「なにがあったか、いえよ」強い口調《くちょう》できいた。「なんでここにいるんだ？　なんで逃げてるんだよ？」

サンディがあごをぽりぽりかいた。見ると、顔にはあざのほかに小さな赤いぶつぶつがある。手にも足にも。ここにいる間に、蚊《か》やらダニやらアリやらに刺されたんだろう。

「おまえに話すことなんか、なんにもねえよ」

「いえよ、このテントにいたいんだろ」

サンディはぼくをにらんで肩をすくめた。「じゃあ」と立ちあがって出て行くそぶりをした。ぼくは、思わずサンディの腕をつかんだ。つかんだけどすぐにはなした。

ふたりして、ぼくがつかんだところを見つめた。まるでそこが今にも爆発するんじゃないかって思ってるみたいに。サンディはまた腰をおろして腕を組んだ。怒《おこ》ってるふりをしてるみたいだけど、こわがってるようにも見える。目を見開いてぼくたちのあいだを見おろしている。

「おれら、もう友だちじゃないんだろ、キング。おまえがそういったんだぞ。おれとはもう話したくないってさ」

「このまえ話しかけてきたのはサンディだろ」

「キングが泣いてたからだよ！」思わず大きな声がでたらしい。自分でも気づいたみたいで、サンディはまたうつむいた。

「どうすりゃよかったんだ？　心配になっただけだよ」今度は小声だった。

泣いてたことを大声でいわれて恥《は》ずかしかった。喉《のど》が熱くなって怒《いか》りが込みあげてくる。

「泣いてたかどうかなんて、どうだっていいだろ」

サンディは、ぼくと目を合わせない。「だったら、おれが逃げたことだってどうだっていいだろ」

そのまましばらく、どっちも無言ですわっていた。ぼくはサンディにシリアルの箱を返した。サンディは顔をあげてぼくを見ると、箱を受けとって手をつっこみ、ポテトチップスみたいにつまんで口に入れた。おなかがすいてるんだろう。だけど食べ方はいつもとあまり変わらない。

ぼくとジャスミンが初めてサンディとランチをしたとき、その食べ方にびっくりしたのを覚えている。まるで命がけみたいだった。目の前の食べ物をすぐにでも胃袋《いぶくろ》に入れてしまわないと、パンくずにさえいつありつけるかわからない、というような必死さがあった。母ちゃんはサンディの食べ方を動物みたいだといっていた。マナーが悪くて品もない。サンディだけじゃなく、サンダース一家全員が似たようなものだといってた気がする。

ぼくはそんなサンディを見ていて、ゆうべ母ちゃんと父ちゃんがいってたことをぱっと思いだした。そして、いつのまにかひどいことを口走っていた。きっと、まだ少しむかついてたんだと思う。じゃなかったら、サンディがなんてこたえるか、興味があったのかもしれない。

「おまえの兄ちゃんのこと、みんながなんていってるか知ってるか？」

サンディは顔をあげてぼくをみた。シリアルをすくおうとした手が、口と箱の間でとまっている。箱の中のマシュマロを探そうとしていない。「どういう意味だよ？」

「マイキーだよ」自分の兄ちゃんだろって感じでマイキーの名前をいってやった。「みんないってるよ。マイキーは黒人の男の人を殺したって」

サンディは食べるのを完全にやめた。そもそもシリアルはぜんぶなくなっていた。寝袋に目をやりながら目をぱちぱちさせて、なんていおうかと考えている。小鳥の鳴き声がきこえる。部屋をぬけだしてから、五分以上すぎただろう。きっと母ちゃんはもう起きて、ぼくが部屋から出てこないのを変に思ってるはずだ。

「なんでそんなこというんだよ？」サンディがきいた。

ぼくは肩をすくめる。「みんないってるからだよ」

「そんなのうそだ」

「どうしてそういいきれるんだ？」

「おれの兄ちゃんだからだ！」サンディの声が、また大きくなった。

「そっか、だからさ、おまえの兄ちゃんは人種差別《じんしゅさべつ》してるっていってるんだよ」ぼくの声も大きくなっていた。「マイキーがカリッド兄ちゃんにいつもどんな悪さしてたか、知ってるだろ？」刺《さ》すような痛みが胸にきて、胃のほうにしずんでいく。兄ちゃんのことをこんなふうに話したのはいつが最後だったろう？　兄ちゃんの名前を最後に口にしたのは？　ぼくは息を吸いこんだ。空気で胸の痛みがおさまるわけないのに。「おまえの兄ちゃんがいつもなんていってたか、知らないはずないよな？」

サンディの顔が赤らんで、だんだん真っ赤になっていった。目までうつろになっている。「おまえの父ちゃんだってそうだ。あと、おじいさんだって」ぼくの声はだんだん小さくなった。

サンディは首をふった。「マイキーは人種差別なんかしてねえよ」

「正直いうと、そんなこんなで、ぼくはおまえもそうじゃないかって思ったりしててさ」

サンディは無言で立ちあがって、リュックを手にとると、テントのジッパーを不器用にがちゃがちゃあけようとした。ぼくは、だまってそれを見ていた。サンディの手がふるえている。

「今度はどこにいくつもりだ？」

「関係ねえだろ？」

「あるよ」もう自分をとめられない。

サンディは振りむいてぼくを見た。見たこともないくらいに怒っている。「おまえ、やなやつだな、キング。おまえみたいなやなやつ、会ったことねえよ」そういって、ごまかそうともせずに泣いた。そして泣いた気はずかしさをもみ消すように、ぼくの目をまっすぐに見つめてきた。「そうだよ、じいちゃんは人種差別してたよ。だからって、おれにはどうにもできねえ。だけどさ、自分はどうなんだよ」

最後の言葉がぐさっときて、息が喉につかえた。だけどおまえはどうなんだ、というその言い方で、サンディ・サンダースがぼくを心の底から憎《にく》んでるのがわかった。

考える前にごめんという言葉がかすかな声になって口からでた。本心だ。サンディに聞こえたかどうかわからない。サンディは話しをつづけた。

「おれらは友だちだった。なんでも話した。なんでも」

「そうだな」

「あのとき、おれはおまえに……」サンディは口ごもって声が小さくなった。「おれは男が好きだっていった。それだけだ。おまえは足につばでも吐かれたみたいな顔をした。うんざりしたような顔つきでさ。おれのじいちゃんが人種差別をする悪いやつだっていったよな。自分はどうなんだよ、キング？　おまえだっておれにおんなじことしてんじゃねえか。まったくおんなじ仕打ちをさ」

なぐられるかと思った。それぐらい鋭《するど》い目つきでぼくをにらんでいる。人と目を合わせられなかったサンディが、しっかりぼくの目をとらえている。サンディは、またテントのジッパーをつかもうとしている。外に出ようとしてるんだ。このまま行かせるべきかもしれない。でも、手を伸ばしてもういちど引きとめた。サンディはぼくの手を振りはらったけど、すわりなおして膝を胸にかかえこんだ。泣いている。男の子がそんなふうに泣くのは見たことがない。父ちゃんが流した涙は、空気みたいに自然に体からあふれ出ていた。サンディは泣くたびに体をふるわせた。体じゅうで泣きじゃくり、ひっくひっくしながら咳《せき》をしている。

「ずるいよ」サンディがいう。「みんな、じいちゃんを悪人だっていう。そういってる人たちだって、ゲイってだけでおれのことを毛嫌いする。じいちゃんのやってたことをとがめるくせに、自分だって人種差別と同じことしてるんだぞ。そんなのずるいよ」サンディがまたいった。「ほんとにずるい」

おまえを嫌ってる人なんかいないよっていいたかったけど、それをいったらうそになる。カミーユとダレルがサンディのことをどういってたか思いだした。校内の生徒の半数は、似たようなことをひそひそいっている。だれもサンディといっしょにすわらないし、話そうともしない。ジャスミンは別だけど。

サンディのいう通りだ。ぼくは「ごめん」とあやまった。今度はもっと大きな声で。

ぼくを呼ぶ大きな声がした。母ちゃんだ。おびえているような声にきこえた。サンディとぼくは顔をあげた。今にもテントのジッパーが魔法《まほう》みたいにひとりでに開いて、ぼくらの姿も、秘密も、世界中にさらけだされる気がした。母ちゃんがまたぼくの名前を叫んだ。

「行かなきゃ」サンディにいって、膝立《ひざだ》ちになってジッパーに手をかけた。

「おれ、出てくから」サンディがいう。「どっか別のとこにかくれる。だから……」サンディは口ごもった。サンディがいおうとしていることがわかる。出てくから、もうおれにはかまう必要ねえよ。そういいたいんだ。ぼくはサンディの言葉を途中でさえぎった。

「だめだよ、ここにいろよ」

サンディはちょっと顔をしかめた。どういうつもりか、ぼくにはわからない。

「いてくれよ」言い方を変えた。「ここにいればいい。ほかにどこに行こうっていうんだ?」

家には帰れないはずだ。なにがあったか話すつもりはないようだけど、あざや口の傷が自然にできたもんじゃないってことくらいわかる。ジャスミンもぼくも、前からサンディの腕にある黄色くなったあざや、できたばかりの青あざに気づいていた。ジャスミンは、父親からの虐《ぎゃく》待《たい》を心配して先生に相談したがっていた。でも、勝手にそんなことしたらサンディが怒るだろうと思って相談できないでいた。

サンディは首を横にふった。「かくれるとこくらい自分でさがすよ」

「つかまるぞ」

サンディは、ちょっと恥ずかしそうにふし目がちにぼくを見た。「だれにもいわないって約《やく》束《そく》するか?」

ぼくはうなずいた。「いわない。ここにいるなら食べ物を持ってくる。こっそり家にいれて、シャワーも使えるようにする。ここなら安全だよ」

ここに永遠にいるのは無理だろうってことは、ぼくもサンディも口に出さなかった。とにかく今だけは、ここにいれば安全だ。時間の問題かもしれないけど。ぼくたちは握手《あくしゅ》した。父ちゃんが、ルイジアナの一人前の男は、意見が合ったときは握手するのが決まりだっていってたからだ。これはそういう握手だ。

第八章

　サンディをテントに残してこっそり窓から部屋にもどろうとしたら、母ちゃんに見つかった。ドアのところで腕を組んでいる。「なにしてるのよ、キング？　呼んでたのが聞こえなかった？」

　ぼくはうしろを見ないようにして、ゆうべ眠れなくてテントにいってたんだといった。母ちゃんはすぐにだまって、それ以上のことはきかなかった。昨日、サンディと湿地《しっち》で会ったことを話したとき、母ちゃんと父ちゃんはカンカンだった。三か月ぶりに、つまり兄ちゃんが死んでから、初めて罰《ばっ》を受けたほどだ。これでまたサンディをかくまっているのがばれたらどうなるか。考えたら、ぶるっとふるえがきた。考えるのはやめよう。

　眠れない夜には、ベッドの上で上半身だけ起こしてスマホを見つめて、ただ時間がすぎるのをながめた。そのうち、眠ろうとすることにうんざりしてくる。そんなときは起きあがってマットレスの下に手をつっこみ、例のノートをとりだす。生物の進化について書いた前半のページは飛ばす。兄ちゃんのいったことを書きとった後半のページのどこかに、兄ちゃんが今どこにいるか、手がかりが残ってるかもしれない。

「**時間なんていうのはどうでもいいんだ**」兄ちゃんが何度もぼくにいった言葉だ。兄ちゃんは、いつもあっというまに眠りにつく。まぶたの下で目玉が動いているのは、夢を見てるからだ。

「**そんなものはない。時間なんていうのはどうでもいいんだ**」

最初はなにいってんだかと思ってたけど、ある朝、兄ちゃんとシリアルを食べてるときにわかった気がした。時間なんて存在しないって兄ちゃんがいったときだ。すべての現象《げんしょう》はとつぜん起こる。最初のビッグバンで宇宙が始まって、なにもかもが終わりを告《つ》げるその瞬間《しゅんかん》まで。いろんなことがとつぜん起きるんだ。宇宙の爆発も、星や銀河《ぎんが》や惑星《わくせい》や太陽の拡大《かくだい》も、地球のように小さい生物がいる小惑星も、みんな最後はちりになる。ついには宇宙になんにも存在しなくなる。今、この瞬間にも、そういうことが起きている。兄ちゃんはただ肩をすくめるだけで、あっさり「そうだろ?」っていった。

兄ちゃんのいうとおりに、すべてがとつぜん発生するなら、兄ちゃんは生きてたときから、未来の夢を見てたのかもしれない。ぼくが兄ちゃんを探すことだって、知ってたのかもしれない。だから、どこに行けばトンボになった兄ちゃんに会えるかきいていたはずなのに、ぼくは気づかなかった。兄ちゃんがいってたことの意味を考えると、兄ちゃんは、今もまだ生きてることになる。

カリッド兄ちゃんは今も生きている。土に埋《う》められてしまったけど。眠るように、夢見るように生きている。そして、ニヤッと笑ってぼくの髪《かみ》に指をつっこんで、生きてる兄ちゃんがこういうんだ。「愛してるぞ、兄弟《ブロ》！」って。いつも兄ちゃんとぼくがかわしていた軽口みたいに。ぼくの胸に残ってる痛みが宇宙のように拡大してるみたいに。兄ちゃんは生きてる。今だって、ぼくの胸のなかに。

父ちゃんのさびたトラックで学校に向かった。カーラジオでニュースが流れて、サンディ・サンダースの名前が三回くらい読みあげられた。昨日はどの番組でもサンディの話ばかりしてたのに今日はそれほどでもない。みんなサンディ探しをあきらめはじめ、前に進んでいく。これまでもそうしてきたみたいに。

ある女の人がラジオ番組に電話をかけてきて、意見をいってる。そんなのだれも頼んでないのに。「あのサンダース家の男の子たちは父親が保安官だかなんだか知らないけど、マイケルもチャールズも問題を起こしてばっかり。いってみれば、ろくでなし兄弟ね。下の子はたぶん、逃げたんだと思うわ。今頃《いまごろ》はもう、ニューオーリンズまであと半分ってとこじゃないかしらね」

父ちゃんは聞きながしていた。じゃなかったら、とっくに局を変えてるはずだ。ぼくが選局ボタンに手を伸《の》ばして雑音《ざつおん》をだしたら、はっとして頭を高くあげた。父ちゃんは今朝《けさ》ひげを剃《そ》らなかった。そういえばカリッド兄ちゃんは、にやにやしながらいつひげが生えるかって鏡をよく見ていた。なのに、まだ一本も生えてこないうちに土の中に入ってしまった。ほんとに不公平だ。ぼくにはいつか生えるのに、兄ちゃんにはもう生えないんだから。

「キング、おまえに話がある」父ちゃんがいった。その言葉で心臓《しんぞう》がドキッとして、血液がどくどく流れた。

話くらいいつもしている。学校までいくトラックのなかで、父ちゃんが話しかけてこないわけでもない。やり忘れたことをぶつぶついったり、とくに意味もなく学校はどうだってきいてきたりする。だけど、「話がある」ってことは、明らかにこれから大事な話をするぞってことだ。

「ずっといおうと思っていた」父ちゃんはつばを飲みこんで、ハンドルをにぎりしめた。

ぼくの肺《はい》から空気がぜんぶぬけた。「カリッド兄ちゃんのこと?」小声できいた。

父ちゃんがぼくを見た。「あ? いや……いや、カリッドのことじゃない」

拍子抜《ひょうしぬ》けしたけど、ほっとした。

しばらく沈黙《ちんもく》があった。「俺《おれ》がおやじにいわれたことを話しておきたいんだ。おまえくらいの年のころにいわれたことだ」

うわ、やめてほしい。その話なら聞いたことがある。いつか兄ちゃんに話してたのを。リビングでアニメを見ていたぼくにも聞こえていた。その話が終わった時、ぼくはすぐにでも石鹸《せっけん》で耳をごしごし洗いたくなったのを覚えている。いまは気づまりで自分の顔がゆがんでるのがわかる。そんな顔を見られたくなくて窓の外を見た。だけど父ちゃんは、なかなか話を始めなかった。

「わかっておいてほしいことがある」やっと話し始めた。「この国で、男として生きるにはってことだ。黒人の男としてな」

ぼくはちょっと顔をしかめて、手のひらのしわを目でたどっていた。

「おまえにはすごいパワーがあるんだ、キング」父ちゃんのそんな言い方は、きいたことがなかった。まるで、一瞬で詩人《しじん》か司祭様《しさいさま》か、もっといえば預言者《よげんしゃ》の魂《たましい》が父ちゃんの体に宿ったみたいだ。「おまえにはすごい力がある。おまえの意思で世界を変えられる。だから、母さんと俺で、おまえにキングっていう名前をつけた。わかるか?」父ちゃんはうなずいている。ぼくに話すというより、自分にいい聞かせてるみたいだ。

「だが、この国はおまえをおそれている」話がつづく。「この世界はおまえをおそれている。やつらはいつもそうだ。マルコムXをおそれて銃《じゅう》で撃《う》った。イエス・キリストもおそれて釘《くぎ》で十字架《じゅうじか》に打ち付けた。やつらはおまえをおそれている。中には、おまえを傷つける者もいる。おまえをおそれているからだ。それをわかっててほしい」父ちゃんの声がかすれた。「気をつけろよ。わかったか、キング?」父ちゃんが口にしない言葉も聞こえる。「気をつけろよ、キング。おまえまで失いたくないんだよ」って。

「わかりました《イエス・サー》」ぼくはすばやくうなずいた。父ちゃんの声は差《さ》し迫《せま》っている。歯をくいしばって運転し、学校に着くまでいちどもぼくを見なかった。父ちゃんのいったことが頭の中でこだましていた。ぼくはジャスミンのことを考えた。ジャスミンの肌《はだ》はぼくと同じ色だ。もっと濃《こ》いくらいだ。この世界は、ジャスミンのこともおそれるんだろうか？　サンディについてはどうなんだ？　サンディは白人なのに黒人と同じように嫌《きら》われてるといってた。この世界はサンディをおそれてるんだろうか？　ぼくの肌の色は見えるけど、サンディが好きな相手はだれにも見えやしない。じゃあ、ぼくが好きになる相手はどうなんだ？

父ちゃんは速度をゆるめ、学校の前でトラックをとめた。胸の中でミツバチがぶんぶんさわぎだす。いよいよだ。もうじき、父ちゃんがぼくに愛してるっていうはずだ。そしたらぼくも愛してるよって返すかどうか決めなきゃならない。

ぼくは父ちゃんが好きだ。あたりまえだ。だけど、なんで口に出して好きだっていえないんだろう？　なんでぼくはいつも、こんなに臆病《おくびょう》なんだろう？

トラックからおりた。ドアはまだあいている。立ったまま父ちゃんを見つめ、言葉を待った。前をずっと見ていた父ちゃんが、ぼくをちらっと見た。「なにしてる？　さっさとドアを閉めろ」

胸にぽっかり穴があいた。ドアをバタンと閉めると父ちゃんのトラックは、スピードをあげて去っていった。土ぼこりをまきあげながら。

ジャスミンが自習時間にぼくのとなりにすわってきた。この時間は図書室で自由にすごせる。テレビや映画や本の中では、うるさい子どもたちが、静かにしなさいって怒《おこ》られるシーンがよくあるけど、うちの司書《ししょ》の先生はぜんぜんおかまいなしで自分の机で居眠りしている。ダレルたちは窓際《まどぎわ》でスマホの動画を見たり撮ったりして、叫《さけ》び声《ごえ》をあげながら笑っている。ダレルが椅子《いす》の背に飛び乗って一瞬バランスを保ったと思ったら椅子がたおれて、背中から落っこちた。みんな大爆笑。ぼくまで思わず笑ってしまった。カミーユとブリアナがほかの女の子たちといっしょにスマホで自撮りしてうわさ話をしている。アンソニーだけは隅《すみ》っこの席で、本気で自習しようとヘッドホンをつけている。ぼくが『ナルト』の絵を描くのをサンディが見つけて、ジャスミンがぼくとサンディのアニメ話を聞きつけて仲間にはいってくる前は、ぼくもアンソニーみたいに自習してた。ジャスミンもサンディも、別々のテーブルで教科書を読んでノートを開いていた。ダレルにはよく笑われたけど、ぼくは実際、宿題をやるのが好きだし、勉強が好きなんだ。なにを学びたいかまではまだわからないけど、大学に進みたい。

ジャスミンは将来やりたいことがはっきりしている。アニメの制作だ。ジャスミンならきっとピクサーやディズニーで立派《りっぱ》なディレクターになれる。サンディは、特になりたいものがないらしい。大学に行く余裕なんかないから死ぬまでずっとこの町にいるだろうけど、それでかまわないといっていた。

サンディが自習時間にぼくやジャスミンといっしょにすわらなくなったことで、ぽっかりと席がひとつあいている。ジャスミンとぼくは、ふたりではあまり話をしない。ジャスミンは今、自分のノートになにか書いている。目が赤いから、あまり寝てないのかもしれない。

すると、だしぬけにジャスミンにきかれた。「みんながいってること本当だと思う?」

なんのことだかわからない。「本当って、なにが?」

ジャスミンはまたノートに目をもどした。「サンディは、ただ……逃げただけだろうって」

言葉が喉《のど》につかえる。ぼくがサンディをこっそりかくまっているのがばれたら、ジャスミンもきっと、母ちゃんや父ちゃんにばれた時と同じくらい怒るだろう。猛烈《もうれつ》に怒って、二度と口をきいてくれなくなるかもしれない。友だちでもなくなるような気がする。いや、それだけじゃない。きっとぼくを憎《にく》むだろう。カミーユやダレルにサンディは男の子が好きなんだとばらしたことは、なんとか許《ゆる》してくれた。だけど、今度のは? サンディをかくまっているのがばれたら、もう絶対に許してくれない気がする。

「もし、もしもね、サンディが本当に逃げたのなら、ほら、いろんな人がいってるようなことじゃないならね、それはそれでよかったなって思うの」いろんな人がいってることとっていうのは、ワニや沼や誘拐《ゆうかい》や宇宙人だって頭にうかんだ。ジャスミンはこの三日間、ずっと苦しんできたにちがいない。「ただ、もし逃げてるんだったら……サンディは、みんながこんなに心配してることを知るべきだよね。だってそうでしょ？　なんでだれにも話してくれないのかな？　なんでわたしにいってくれないの？」ジャスミンがきく。「こんなふうに、ただ逃げるんじゃなくて」

ジャスミンは、またノートに向かった。なにをやってるにしろ、本当は集中できてないのがわかる。

なんとかしてサンディじゃない話題にもっていきたい。「なにを書いてるの？」と、ジャスミンにたずねた。

ジャスミンはぼくを見ない。「脚本《きゃくほん》よ」

「脚本？」

ジャスミンがうなずく。「映画の脚本を書くことにしたの」

「映画一本分のってこと？」

ジャスミンが笑った。「そうよ、キング。そういったでしょ」

もうノートの半分ほども書いているようだ。「いつごろ始めたの？」

ジャスミンがはにかんだ顔をする。「二、三か月前かな」

「なんで教えてくれなかったの？」

ジャスミンは口ごもって、目の前に広げたノートを見ている。「さあ、たぶん……」

ぼくは待った。ジャスミンがなにをいうのか見当がつかない。

ジャスミンはちょっと肩をすくめただけで、まだぼくを見ない。「恥《は》ずかしかったからかな、それだけ。読みたいなんていわないでね」

グサっときた。急に、ぼくらの知ってるだれかが、中身はなんであれ、ノートを見せてもらってるような気がした。「それ、サンディには見せたの？」

ジャスミンが眉《まゆ》をひそめて「うん」と認めた。

足が勝手に地団太《じだんだ》をふんだ。なんでいらつくのか、自分でもわからない。ジャスミンはノートを、それがなんであろうとサンディには読ませて、ぼくには読ませない。ぼくよりサンディのほうが親しい友だちだと思ってるのか？　でもそんなの、ぼくが気にすべきことじゃない。カリッド兄ちゃんは、男はそんなことを気にしなくていいっていってた。だからぼくは平気なふりをした。「どんな話？」それだけたずねる。

ジャスミンは、目をぱちぱちしはじめた。「ただのお話」

「なんの？」

ジャスミンは大きく息を吐いた。「ある女の子がある男の子を好きになって、どうやって告白したらいいかわからないでいるっていう話」

そう聞いただけで、胃袋《いぶくろ》がよじれた。ジャスミンはまだこっちを見ようとしない。なんだか具合が悪くなってきた。ものすごくいやな気分だ。ぼくのことを書いているのかもしれないと思ったからだ。おなかの底に熱の種《たね》がまかれたみたいな気がして、根っこが伸びて胸にからまって茎《くき》が喉《のど》まであがってきて、口から花が咲いた。でてきたのはただの「オエ」って音だったけど。

ジャスミンがあきれた顔をした。「男子って、ほんとに子どもなんだから」

カチンときた。「女子のほうが子どもだろ！」

ジャスミンは、そう？　って顔をしてる。「サンディと話すのをやめたのは、ゲイだって知ったからでしょ。それこそ子どもっぽいって思うけど」

わかってる。ジャスミンのいうとおりだ。反論《はんろん》できない自分にいらつく。ベルが鳴って、みんなが荷物をまとめはじめた。ぼくはリュックをつかんでジャスミンより先に図書室を出て、廊下《ろうか》に並ぶロッカーの前に来た。だれかが首に腕をからめてきた。ダレルだ。もう少しでたおされるところだった。ダレルはケタケタ笑っている。ジャスミンが片眉をあげながら、ほら、やっぱり子どもでしょって顔つきで笑いながらこっちを見てから、カミーユやブリアナといっしょにカフェテリアのほうに歩いていった。

思わずダレルを押しのけた。「いったよな、こういうのやめろって！」

ダレルがニヤッとする。「カノジョができたからっていい気になっちゃってさ」

ダレルの肩をつきとばした。「ジャスミンはカノジョじゃない」

ダレルのバスケチームの連中がやってきて、いっしょに歩きだしたので、ダレルは仲間の話に気をとられてこっちにかまわなくなった。じゃなかったら、ぼくをからかいつづけたはずだ。

ぼくはぼくで、ジャスミンのことが頭からはなれなくなっていた。ジャスミンの脚本は、ほかのだれかのことかもしれない。ぼくのことだと思うのはばかげたうぬぼれだし、早とちりかもしれない。だけど、ジャスミンが目を合わせようとしないのが気になる。ジャスミンからあふれだす恥ずかしさが、ぼくの肌《はだ》にしみこんでくる気がした。

ジャスミンがほんとうにぼくを好きなんて、ありうるのか？

そんなこんなで、ぼくもかくれる場所がほしくなってきた。サンディにとってのうちの庭のテントみたいに。

ぼくはダレルたちとカフェテリアにいった。なぜか図書室よりも静かだ。先生たちが室内を見まわってるからかもしれない。カフェテリアにはプラスチック製のベンチがいくつもあって、大量の液体洗剤を床にこぼしたような匂《にお》いがしている。髪をネットでまとめた白人の配膳《はいぜん》係《がかり》のおばさんがすきまだらけの歯を見せてにっこり笑い、中身がこぼれんばかりのサンドイッチとチーズたっぷりのピザを皿にのせてくれた。パック入りの牛乳や焼きバナナもついてくる。

ぼくはいつものテーブルについた。カミーユと、カミーユが許可した子たちもいっしょだ。ジャスミンは、向かい側のはじの席でブリアナの話につきあっている。ダレルはぼくのとなりにいる。ぼくたちが女子ふたりを見ると、向こうも顔をあげて視線に気づき、恥ずかしそうに目をそらした。ダレルとぼくは顔を見合わせた。

ダレルは首を横に振りながら、「女子って、これだよ」という。

でも、ダレルもどぎまぎしてるのがわかったので、ぼくはたずねた。「ブリアナは今もダレルが好きなのかな?」

ダレルは、ぶったたくぞっていう顔をした。「声がでけえよ」シーッとぼくをとがめた。「おれ、ブリアナに好かれてるなんて、だれにも知られたくねえんだ」

「なんで?」

「背がでかすぎるんだよ! みんなにからかわれるに決まってんだろ」ぼくより大きい声でいう。ブリアナに聞こえたんじゃないかとはらはらして、テーブルの向こう側を見たけど、ジャスミンとひそひそ話をつづけている。

「身長なんて、たいした問題じゃなくないか?」そういったら、ダレルはぶつぶつ文句をいいながらチーズピザを手にとった。「ダレルは、どう思ってんの?」

そういうと、ダレルはぼくをにらんできた。「どういう意味だよ?」

「だからさ、ダレルもブリアナのことが好きなの?」

ダレルは肩をすくめた。てっきりけんか口調《くちょう》でちがうっていわれるかと思ったら、そうじゃない。「一年前のさ、まだあんなに背が高くなかったころなら……まあ、な」

ぼくは笑いそうになったけど、笑わなかった。ジャスミンだったら子どもっぽいっていいそうだ。「両想《りょうおも》いならよかったじゃないか、ちがう?」

「ちがうよ! 死んでもいやだ」ダレルは、口をあけたまま言葉を切った。ダレルがなにを口にしたのか、ぼくもそのとき初めて気づいた。ぼくは目の前のサンドイッチに目を落とした。

「ってかさ」早口でダレルがいう。「おれがブリアナとつきあうとか、絶対にねえから」

ぼくは、なにもなかったかのようにふるまおうとした。「死んでも」なんて言葉でカリッド兄ちゃんのことを思い出して、変な間があいたのには気づかないふりをした。その言葉を使った事実より、ぼくの前でその言葉をいっちゃいけないと思われてるのがいやだった。余計《よけい》なことを考えないですむように、とっさに頭にうかんだことを話した。「それって、悲しくないか？　お互《たが》いかんぺきな相手かどうか、だれにもわからないよ。ブリアナのほうが背が高いってだけじゃだめってことになんないだろ。心と体は別なんだから」

ダレルはあやしむように目を細めた。「どういう意味だよ？」

カリッド兄ちゃんがある晩、ぼくにいった言葉だ。ぼく自身、よくわかってない。

「付きあいたいかどうかって、どうしたらわかるのかな？」ダレルにたずねた。

ダレルが笑った。「なんだって？」

こういうことはきっと、カリッド兄ちゃんにきいたほうがいい。ずいぶん昔、兄ちゃんはニヤッと笑いながら腕を首にからめてきて、ぼくの頭をぐりぐりなで回して、好きな女の子はいるのか知りたがったっけ。ネットで自分で答えを探せばいいのかもしれない。でも、口から出た言葉はもうとり消せない。

ぼくは声をひそめた。「好きになるってさ、好きかどうかって、どうしたらわかるんだ？」

ダレルにききながら、目ではジャスミンを追っていた。ちょうどジャスミンも顔をあげて目があうと、互いにぎくっとして目玉が飛んでってしまいそうなくらいにすばやく目をそらした。

ダレルがにやついている。「好きか、好きじゃないかのどっちかだよ。簡単《かんたん》だ」ダレルがいう。

簡単だなんて思えない。ぜんぜん簡単じゃない。ジャスミンは友だちだし、もちろん好きだけど、それだけだ。だからってジャスミンと手をつなぎたいと思うか？　上級生がやってるみたいに始業ベルで別々の教室に行くとき廊下《ろうか》でハグしたいか？　ジャスミンにキスしたいか？

ちがう。絶対そんなことしたいなんて思ってない。

ダレルは、ぼくの頭の中がわからないことだらけで嵐《あらし》のようになっているのに気づいてない。ぼくを見て、まだにやにやしてる。聞こえないくらいの小さな声で、まるで悪だくみでもするみたいにいった。「いいか、ジャスミンにカノジョになってくれっていいたいか、いいたくないかってことだよ。だけどさ、いいたくないなら、じゃあ、なんでサンディ・サンダースとつるんでばかりいるんだって疑問《ぎもん》がでてくるけどね」

ダレルはげらげら笑う。ひと呼吸遅れて、ぼくもいっしょに笑った。

第九章

今夜のカリッド兄ちゃんはいつもより静かだ。ぼくは眠れなくて、兄ちゃんの寝言や動きをつぎつぎに書きとった。

体をねじって、寝返りをうつ。

まぶたの下で目玉がごろごろ。夢を見ているらしい。

二分ちかくいびき。

枕《まくら》によだれ。

ぼくの足をけるから、けりかえす。

褐色《かっしょく》の肌《はだ》はぼくと同じ。しっかりちぢれた毛が枕でぺちゃんこ。目のそばにほくろ。

ぶつぶつなにかいう。起きてるのか声をかける。

返事をした。「心と体は別なんだ、キング」

どういう意味かときいても答えない。五分ほどしてまた話しはじめる。

「おれたちの魂《たましい》はひとつだ。星はおれたちのなかにある」

わけがわかんない。兄ちゃんにそういった。

「おれたちはみんな星だ。空にある星のひとつひとつがおれたちだ。人間は忘れすぎている。星は、それぞれ自分の色を持ってるんだ。空に並んで集合体になっている。見てみろ、キング。海ほども大きな星の大群《たいぐん》がある。空は星でいっぱいだ。花が、星から大量に雨のようにふってきて地面をおおう。おれたちはその上を歩くしかない。この花がすごいんだ。花は波のようにあっちへこっちへとゆれうごく。下にしずむと、シダとキノコと草の森になる。遊びたくなった星が、たまに森をすりぬけて落ちてくる。おれは森の中を飛べるけど、森にはツルがのびてるから、すばやく動かないとからめとられちまう。おれはいつだってそれをすりぬける。星の大群のなかにとびこんでいって、空に出る。空は光でできている。空には光の渦《うず》がある。キング、そういうの見たことないか？」


終業ベルがなると、大急ぎでひび割れた歩道を歩いて町のほうに向かった。日ざしがきつい。サンディはきっと腹ぺこだろう。帰るころにはいなくなってるかもしれない。

半分くらい歩いた頃、初めてトンボを見に行ってないのに気がついた。

ピタッと足がとまった。ルイジアナの熱気《ねっき》に包《つつ》まれているのに手のひらが冷たい。胃がきりきりしてきた。なんで忘れたりしたんだろう？　トンボ探しを忘れるなんて、なにやってるんだ？　兄ちゃんを探しに行かないなんて。

熱風《ねっぷう》がぼくの顔をなで、髪《かみ》をすいた。木の枝が、葉っぱのすれる音やセミの鳴き声にあわせて踊《おど》っている。ぼくはひきかえしはじめた。地面からもやのようなゆらぎがあがっている。スピードをどんどんあげ、手足をはげしくふって全力で走り、舗装道路《ほそうどうろ》をとびこえ、土の斜面《しゃめん》をのぼって、やっと湿地《しっち》に着いた。呼吸が苦しい。わき腹がきりきり痛くて前かがみになる。地面にたおれこんで息をゼーゼーさせながら泣いた。ぼくはいつも泣いてばかりだ。水晶模様《すいしょうもよう》の羽のトンボたちは、今日もぼくのことなんか知らんぷりしている。

家に帰るころには、ほとんど夜になっていた。ルイジアナの真っ赤な空が紫色《むらさきいろ》にうすれていく。母ちゃんが、あれはふつうの雲じゃないっていつかいってた。「紫色の空を見たら走って帰るんだよ。わかったね。ろくなことにならないんだから」と。

ぼくは家に入らなかった。入る気になれなかった。中の様子はわかってる。外にいても中から静けさがしみだしてきて壁《かべ》みたいに立ちはだかり、有刺鉄線《ゆうしてっせん》が両足にからんでくるみたいに動けない。もうじき兄ちゃんの誕生日《たんじょうび》だ。毎年、祝いごとは同じ順番でやってくる。まず感謝祭、次にクリスマス。それから兄ちゃんの誕生日がきて、マルディグラだ。祝いごとにはさまれて生まれたのはいかにも兄ちゃんらしい。生まれるべきはこの日しかなくて、この日でないと意味がないみたいだ。今年は初めて感謝祭とクリスマスを祝わなかった。そして初めて兄ちゃんの誕生日も祝わない。

ぼくはといえば、生まれたのは夏のど真ん中で、ルイジアナがいちばん暑い季節だ。ぼくの体にすみつく怒《いか》りの熱は、そんな季節に生まれたせいかもしれない。以前はあまり怒《おこ》らないほうだった。母ちゃんや父ちゃんや兄ちゃんに腹を立てることはあっても、今みたいな怒り方じゃなかった。怒りが血をたぎらせ、肺《はい》の中であばれまくる。たいした理由もなく怒っているのは、ぼくがここにいて生きて息をしてるのに、兄ちゃんがいないからだ。

裏庭に直行してテントのジッパーをあけ、息をのんだ。寝袋《ねぶくろ》とゴミしかない。

サンディがいない。

振りかえって庭を見た。マグノリアの葉がそよ風にゆれて、蜃気楼《しんきろう》のようにゆらゆらしている。人の姿はない。せまってくる夜の影しか見えない。「サンディ?」名前を呼んだ。喉《のど》がカラカラだ。

返事がない。風もそよとも吹かない。

「サンディ!」思いきって声をはりあげた。

サンディがいない。ぼくがぐずぐずしてたせいだ。サンディが困るのがわかってて、湿地に行ってしまった。もうサンディはいない。無事かどうかもわからない。かがんでテントに入り、サンディが昨日いたところにすわった。ぼくに会いたくなかったのかもしれない。ぼくが学校に行ってすぐにいなくなったのかもしれない。ぼくはサンディにひどいことをしたくせに、サンディはずっとここにいるだろうと、ばかみたいに思いこんでいた。

「キング！」

声がして、はっと顔をあげた。目をこらして茂みを見たけど、なにも見えない。

「キング！」また声がして、さっきは見えなかった人影が見えた。茂みの中で影がじっとしている。一瞬、幽霊《ゆうれい》かと思った。テントからふらふら出て草むらをいくと、だんだんサンディが見えてきた。葉っぱやトゲの茂みにかくれている。

「サンディ」思わずほっとした声を出してしまった。「なにやってんだよ？　なんでテントをはなれたんだ？」

「おまえの父ちゃんだよ」。声がうわずっている。サンディは不安になると、人と目を合わせないまましゃべりまくる。今は不安にとりつかれて月の光みたいに青白い。

サンディがおびえてるのを見ただけで、心臓《しんぞう》のドキドキが肋骨《ろっこつ》までひびいて、肌までふるえる気がした。「父ちゃんが、どうしたんだよ？」

「帰ってきたんだ。家にいるとは、ほんとに夢にも思わなかった。もっと遅くまで帰らないと思ってたんだ。この二日間はそうだったろ。いつもならもっと遅いよな？　おれ、腹がへってさ、おまえの部屋の窓から家に入った。食器棚《しょっきだな》を開け閉めする音をおまえの父ちゃんが聞きつけた。勝手にごめん。それで、『だれだ？』って。警察《けいさつ》に通報《つうほう》するぞって。だからおれ、外にとび出た。玄関《げんかん》から。おまえの父ちゃんは裏庭にまわった。テントにも来そうだからこわくて茂みにかくれてたんだ」

「父ちゃんはテントの中は見ないよ。テントにいたら安全だったのに」

サンディは歯を食いしばってる。まだなにかいいたいらしい。「おまえの父ちゃんに見られた、かもしれない」いちだんと低い声でそういった。

息がとまりそうになる。「なんでそう思うんだ？」

「茂みにずんずん入ってきてさ、木の裏側までしらべてた。おれ、もうちょっとでつかまるところだったよ。おれから三十センチくらいのとこまで来て、向きをかえて家にもどっていったんだ」

「わかった、わかったよ」ぼくはうしろをちらっと見た。いつのまにか父ちゃんが来てるかもしれないと思ったからだ。「見たとしてもさ、サンディだって気づいたかな？」

「わかんねえよ！　だけど、そんなのどうでもいい。もうここにはいられねえ。また探しにくるかも」

その通りだ。でも、サンディをあの父親のもとに帰すなんて、考えるだけで体じゅうの骨が粉々にくだける思いがした。ここなら、うちの庭なら、少なくともぼくには居場所がわかるし、町の人に知られずに安全でいられる。簡単《かんたん》に会えない場所にいかれてしまうと、ジャスミンやほかの人たちみたいに、もうサンディに会えないかもしれないって心配することになる。

その時なぜか、ルイジアナは幽霊だらけだって母ちゃんがいったのを思い出した。だれかがふっと、ぼくの耳にいいアイデアをささやいてくれた気がしたからだ。ぼくの頭の上で電球がぱっと光ったのが見えたのか、サンディが眉《まゆ》をひそめながらこっちを見て両手を合わせてもじもじしている。

「いい場所、思いついたよ」そうサンディにいった。

カリッド兄ちゃんがある夜、マーチンじいさんの小屋のことを寝言であれこれ話してくれた。湿地の川下にある小屋だ。すごくはっきりした口調だったから、目が覚めてたのかもしれない。「見た感じは犬小屋だ」兄ちゃんがいった。「中はなんにもないが、クモやカワネズミがいる。入りこんだまま出られなくなったワニもいるかもな」兄ちゃんはそこまで話して、すぐ寝てしまった。現実世界のことで、ぼくの知らないことを話してくれたのはその時だけだったからよく覚えている。それまでは、兄ちゃんしか知らない夢の世界の話ばかりだったのに。

その小屋の話がおもしろすぎたから、次の日、本当にそんな小屋があるのかときいてみた。キッチンの丸テーブルでいっしょにシリアルを食べてたときだ。兄ちゃんはボウルに入ったシリアルをがぶがぶ喉に流しこんでからぼくをにらみ、その小屋を知ってるわけをきいてきた。「なんで知ってんだよ?」って。

答えないで笑っていたら、兄ちゃんは怒った。不機嫌《ふきげん》そうに目を細め、口をひん曲げた。いつもの兄ちゃんっぽい、にやにや笑いじゃなかった。

「あの小屋の話は二度とするな」

真剣な言い方にびっくりした。

「あの小屋は、おれやおまえが行くようなとこじゃない。マイキー・サンダースのようなやつらが、こっそりやばいことをする場所だ。おまえ、ちゃんと卒業したいんだよな？　大学に行きたいんだろ？」

急に神妙な気持ちになってうなずいた。

「なら、小屋の話はもうするな。絶対にだ」

それきり小屋のことはほとんど忘れていた。知ってるのがばれたらまずいことになると思ったからだ。だけど今、思いだした。


湿地に着いたときは、もう夜になっていた。このあたりは街灯《がいとう》もない。真っ暗で、目の前にかざす自分の手も見えない。スマホのライトで道を照らした。空一面に貼《は》りついてる星と同じ色をしたシルバーブルーの光が、歩きなれた土の道を照らしてくれる。ほんのわずかの時間差なのに、昼間とすっかり様子が変わっているのがおもしろかった。土の道も木々の様子も、銀色がかった光に照らされた湖の底にちりがただよっているみたいな、まったくの別世界に見えた。

サンディとぼくはだまったまま歩いた。サンディがなにを考えてるかは知らないけど、どのみち自分が知りたいかどうかもわからない。母ちゃんがぼくの部屋を見にきてベッドが空《から》っぽなのを見つけたらどうしよう。夕食のあと、疲《つか》れたからもう寝るっていってある。ばれたらこっぴどく叱《しか》られる。部屋から二度と出してもらえないかもしれない。

「本当にいい場所なのか?」サンディが小声できく。なんでそんなにひそひそ話すんだ? ここには幽霊くらいしかいそうもないのに。

「ほかに心あたりでもあるのか?」

「ねえよ」サンディは、少しむっとしたような声でいった。「でもさ、ワニに食われたくもねえし」

「ワニが人を食べたなんて、いつきいた話だよ? 大丈夫だよ」そういったけど、暗闇《くらやみ》のなかで「本当か?」っていうサンディの心の声が伝わってくる。声に出されなくて助かった。ぼくだって自信ないいんだから。

足の下がぐにゅっとするぬかるんだ場所まで来た。ぼくがいつも兄ちゃんを探してる場所、というか、このあいだサンディに泣いてるのを見られた場所は立ちどまらないで通りすぎた。夜はトンボが見えない。スピードを上げて飛んでるのか、どこかぐっすり眠れる場所を見つけたのか。

ぬかるみが深くなって膝下《ひざした》までしずみこむような場所まできた。スニーカーもソックスも指のあいだも泥《どろ》でぐっしょりだ。冷たくて気持ちが悪い。サンディはぼくの横でウェッていいながら、ぬかるみにはまった足を引っこぬいている。

「キング、その小屋、いったいどこにあるんだよ？」怒ってる声がしゃくにさわる。おまえのために来てやってんだぞ、わかってんのか？

「もうすぐだよ」

「そんなとこ、なんで知ってんだ？」

カリッド兄ちゃんから教えてもらったなんていうつもりはない。今は兄ちゃんのことを考えたくない。胸につかえてる悲しみがこみ上げてくるし、沼の底にすっぽりはまって動けなくなる感じなんか、今はごめんだ。その反面、ひどく気がとがめた。兄ちゃんのことを思い出したくないといってるような気がしたからだ。

「いいからついてこい、わかったか？」そのあとサンディはなにもいわなくなった。

流れのある川に着くまで、ふたりともだまって歩いた。ゆるんだ土の川べりを歩いて斜面をあがると、かたくかわいた地面になった。そして小屋を見つけた。森のはずれで木々のあいだに見えかくれしている。兄ちゃんがいってた小屋だ。

木の板を打ちつけた小屋は、コケむして黒ずんでいる。ドアはちょうつがいが外れてかたむいてるから、下の小さなすきまから入り込んだ。歩くたびに床板がきしみ、かびの匂《にお》いがむんむんしている。スマホのライトでまわりを照らすときは、部屋のすみに幽霊がいるんじゃないかと思ったくらいだ。でも、なにもいない。ちょっとした家みたいな作りで、冷蔵庫《れいぞうこ》、レンジ、小さな食器棚がふたつ壁ぎわに並んでいる。ちょうど真ん中に折《お》り畳《たた》みソファもある。テレビのないテレビ台も。奥のドアは閉まっている。たぶんトイレだ。

「ここ、なのか？」サンディの声がかすれている。

こんなとこはごめんだっていわれるかと思った。ぼくだったら、きっとそういう。だけどスマホのライトに照らされたサンディは、ぼくに向かって歯をみせてニヤッと笑った。

「かんぺきだ」といって、うなずいている。白いシーツがかかったソファに飛び乗ったサンディは王子様みたいで、ソファはまるで玉座《ぎょくざ》だ。

ドアわきのスイッチを入れたけど、明かりはつかない。何年も人が来てないみたいに見えるし、実際《じっさい》、そうなんだろう。

「ここ、だれの小屋なんだ？」サンディがいう。

「知らない」うそをついたら、好奇心《こうきしん》いっぱいの視線を感じた。流しで蛇口《じゃぐち》をひねると、ゴボゴボ音がして黄ばんだ水がでてきた。川から水がひかれてるらしい。「だれのだとしても、こならひとりでいられるだろ。人は来そうにないし。食べ物と毛布は、ぼくが持ってくるよ」

「マンガは？」サンディが期待をこめていう。ぼくは思わずニヤッとして答えた。「ああ、何冊か持ってくる。あとで返してくれよな」

キッチンカウンターに古いオイルランプがあった。いじってみたけど火はつかない。うちの車庫からライターのオイルを少しくすねてくれば、サンディが真っ暗な夜をすごさないですむ。

とりあえずスマホのライトを上向きにしてソファにおき、全体を照らすようにした。部屋にあるものが銀色に映しだされている。隅《すみ》の暗い影は、さっきより濃《こ》くなった。

サンディがソファの前に立って、演説《えんぜつ》でもはじめるみたいにぼくの名を呼んだ。「キング、ありがとな」

ぼくは照れくさくなってとぼけた。「なにが?」

サンディはそわそわしながら腕をわきにぴったり押しつけ、急に緊張《きんちょう》したみたいにぼくから目をそらした。「おれに親切にする必要なんかねえのにさ、庭にかくまってくれたり、ここに連れてきてくれたりしてさ。だから、ありがとなっていってんだよ」

ぼくは口ごもった。サンディを助けた理由はいわなかった。ひどいことして悪かったと思ってたからだ。自分がまちがってたとは認めたくはない。「どうってことないよ」

サンディはソファにドスンとすわった。「いっしょにいてくれるのか?」

母ちゃんにばれたらどんな目にあうか、罰やら小言やらが次から次へと頭の中に積《つ》みあがっていく。無理だ。「できないよ。帰らなくちゃ」サンディは見るからにがっかりしている。「ベッドにいないのがばれたら、家から出してもらえなくなる」

「まだ見つかってねえんだから、朝までここにいてもだいじょうぶだ」サンディは目をまんまるに見開いてぼくを見ている。「子犬みたいな目」って、まさにこんな目のことだ。「いいだろ、な? ここに不満があるわけじゃないけどよ、明かりがねえし……」サンディは、手を広げて部屋全体をしめした。「ちょっと、うす気味わるいし」

ぼくは、黒い影や蜘蛛の巣《くもす》、わずかなすきま風にさえガタガタ音をたてる窓わくに目をやった。ぼくだったら、こんなところにひとりでいたくない。特に暗いときにはごめんだ。この小屋は、まるでホラー映画のセットみたいだ。うちでは、ホラーや暴力シーンがある映画は見ちゃいけないことになっている。だけど、兄ちゃんはスマホで映画を見ているとき、母ちゃんや父ちゃんにいわないっていう条件つきで、のぞかせてくれた。よその兄ちゃんならあっちに行けっていいそうだけど、ぼくの兄ちゃんはちがった。こわいシーンになるとぼくを気にかけてくれた。ブルブルふるえてたりすると、それとなくうそのあくびをして、まだ見てる途中でも画面を消して「もうベッドに行こう」という。おかげでぼくは、こわいからもう見るのやめるって恥《は》ずかしいことをいわないですんだ。

サンディは目をまん丸にして、お願いだよという顔でこっちを見てる。ぼくたちが友だちだったころも、よくこんな目をしてたっけ。ぼくのお気に入りの本を借りたいときとか、宿題を手伝ってほしいときとか。うちに遊びに来たときに帰りたくないといわれて、裏庭のテントに入れてやったこともあった。まだ友だちだったころの話だ。もしかしたら、いろんなことが落ちついたら、またぼくたちは友だちにもどれるかもしれない。

「わかった、いいよ。でも、見つかったら……」いいかけてやめた。ぼくには、うまい脅《おど》し文《もん》句《く》をいえた試しがない。

サンディは気にしてないらしく、納得《なっとく》した様子でうなずいている。ふたりで折りたたみのソファを広げてベッドにした。サンディはすぐ飛び乗ったけど、ぼくは気がひけてはじにすわった。ぼくとサンディがいっしょにいるのを見てる人はいないはずなのに。いるとしたら、ぼく自身と幽霊だけだ。

サンディは、最近の町の様子を知りたがった。「町の人たちは、まだおれを探してんのか？」

正直に話したほうがいいと思った。このところ、うそばっかりついてきたし。「いや」と本当のことをいったのに、サンディはがっかりもしないし、傷ついてもいない。びっくりだ。ぼくだったら、だれにも探されてないと知ったら、がっかりするし傷つきもする。だけど、サンディはただほっとしている。ぼくはつづけていった。「まだうわさする人や探してる人はいるよ。でも、もう捜索隊はなくなってる」いいにくいけど、さらにいった。「サンディはただ逃げたんだろうっていってる人もいる」

「まあ実際、そうだしな」サンディは、少しも悪びれずにいった。

ぼくは少しだまってから「ジャスミンは本当に心配してる。わかるだろ？」といった。

サンディは歯を食いしばって、膝《ひざ》を胸にかかえている。

「ジャスミンには、話したほうがいいかも」ぼくがいうかいわないかのうちに、サンディが「だめだ！」とさえぎった。

「ジャスミンは秘密をまもらない。おれはあいつを知ってる。きっとおとなに話すよ。おれのためにはそうするのが一番いい、とかなんとかいってさ。ジャスミンはわかってないんだ」

内心、ジャスミンが正しいのかもしれないと思った。ジャスミンがそうしたほうがいいと思うなら、おとなに話せばいいんだ。ぼくにはこわくてできないけど。

「なあ、おまえにいわれたことを考えたよ。じいちゃんや父ちゃんや、いろんなことをさ」サンディが話しはじめた。

気まずくて顔がほてってくる。「あんなこと、いうべきじゃなかった」

「でも、キングは正しいよ」サンディは眉間《みけん》にしわをよせてぼくには見えないなにかをにらんでいる。「じいちゃんは人種差別《じんしゅさべつ》をしてた。父ちゃんは……いっちゃいけないことをしょっちゅういってる。そういうのは、おれにはどうすることもできねえ」サンディはつづけた。「おれだって、じいちゃんや父ちゃんのやったことは悪いことだと思ってる」

「だけど、それはおまえのせいじゃない」

「それでも、悪いなって気持ちはある。おれの家族が、町の人たちを理由もなく傷つけてんだぜ。すまないって思うよ。まちがってるって」

あやまるのはすごく勇気がいる。あやまるってことはまちがいを認めることで、ぼくにはそれがまったくできない。自分のあやまちを認めてあやまるのは、両手を広げてどうぞなぐってくれといってるのとおんなじだ。自分が犯したあやまちと同じことを自分にされてもいいといってることだ。サンディにその勇気があるなら、ぼくもあやまる勇気をもたなくちゃ。

「ぼくも悪かったって思ってる。みんながおまえにしてる仕打ちのことだ」そこでぼくは、大きく息をすった。「ぼくはおまえにひどい仕打ちをした。おまえは悪くないのに」

サンディはぼくの言葉をきいてちょっと笑ったけど、まだ、自分にしか見えないなにかを見つめている。

「サンディ、おまえの父ちゃんのことだけどさ……ジャスミンもぼくも心配で……」

サンディの表情がくもった。「なんだよ？　心配ってなんなんだ？」声がきつく乱暴《らんぼう》になった。ぼくのいおうとすることがわかってるみたいに、いいからいえよってけしかけてくる。

ぼくはぎくっとしたけどサンディは気づいてない。気づいてて気にしてないのかも。ぼくの返事を待ってる。目を大きく見開いて、じっとぼくを見ている。前は絶対にこんなふうに人の目を見なかったのに、いつからこうやって人と目を合わせられるようになったんだろう？

「ぼくもジャスミンも、うわさ話や悪口をいうつもりはないんだ」そこまで早口でいった。

「ただ、おまえさ、あざがあったりするだろ。人に見せたくないようなあざが。でさ……」

「そうだよ」サンディはぼくの言葉をさえぎった。「父ちゃんになぐられてる」

ぼくはなんていっていいか、わからなかった。とりあえずあんぐりあけていた口を閉じた。ショックを受けただけじゃない。なにかいわなくちゃと思ったし、なんとか状況をよくする言葉をいいたかった。だけど、そんな言葉はこの世にはひとつも存在しない気がした。ぼくは泣きだした。もう長いこと、兄ちゃん以外のことで泣いたりはしはなかったのに。涙が込みあげてきて目からあふれた。すばやくまばたきをして顔をそむけた。なんで泣いてるのか、自分でもわからない。ひどすぎるからか？　サンディがそんな仕打ちを受けるなんておかしいからか？　ほかのだれでもなく父親からなぐられるなんて。きっとぼくは、どうやったら親の暴力を止められるかがわからなくて泣いてるんだ。

サンディに、ごめんっていった。

「なにがだよ？」サンディの声はくぐもっている。かかえている膝に顔を半分かくしたままでいる。「おまえのせいじゃねえし」

「でも、サンディが逃げる必要が……」

「いったろ、キング。おまえのせいじゃねえ」

サンディがこの話をやめたがっているのはわかる。でも、ぼくは自分をとめられなかった。

「逃げたのは、なぐられたからなんだな？　なあ、うちの母ちゃんに話せば……きっとなんとかしてくれるよ。おまえがなぐられるのをとめる方法を考えてくれる」

「おれの父ちゃん、保安官なんだぜ」サンディがいう。

「だからなんだよ？」

サンディは首を横にふった。ぼくの頭の中でジャスミンの声がこだましている。「キングって、ほんとに子どもよね」って。今ならわかる。ジャスミンは正しい。ぼくはサンディをどう助けたらいいかわからないし、なにをいったらいいかもわからない。夜ベッドにすわっているときも、トンボの群れを見てるときも、よく似たようなことを感じる。

だけど、サンディのことは、本当に変えられるかもしれない。なんとかしなくちゃいけない。もういちどきいてみた。「おまえ、おばさんやおじさんはいないのか？」

サンディは眉をひそめて、自分の手を見おろしてる。手のひらを上に向けて、手相でも見てるかのように。イドリスおばさんもよくそうやってぼくの手のひらの線を指でなぞって、人生を占ってくれた。「おじさんがいたらしいけど、小さいころに死んじまったそうだ。バトンルージュに父ちゃんの姉ちゃんがいるけど、もう付きあいがない。だから、身内は父ちゃんとマイキーだけだ」

ぼくは親指をかんだ。懸命に考えた。マイキーは兄ちゃんと同じ学年だから、来年には十八歳になるはずだ。「じゃあさ、兄ちゃんはどうだ？　ふたりで家を出るとか――」

サンディの顔がスマホの弱いライトのなかで赤くなった。まだ自分の両手をにらみつけてる。「キング、もうやめろ。おまえ、ジャスミンみたいだ。なんとかしようったって、どうにもなんねえんだよ」

サンディは頭を低く垂《た》れた。顔が影になって、泣いてるのかどうかわからない。

ぼくは、ひと呼吸してからあぐらをかいた。「なあ、おまえ、なんでもっと早くに逃げなかったんだ？」

「どういう意味だ？」

「前にもなぐられてたじゃないか。今回はどうして逃げたんだ？」

サンディはしばらく答えなかった。やっと出たのはささやくような小声だった。「今回は、おれがゲイだって知られたからだよ」

「え？」

「父ちゃんに、やめろっていわれたんだ」サンディは、意味もなく手をふった。「ゲイだってわかるようなことをするなってさ。やめろって。だから、できないっていい返したんだ。だって本当にゲイなんだからって。マジで父ちゃんの目が真っ赤になった」サンディは無理に笑った、その笑顔で、ぼくの胃がねじくれて、うずいた。「なんで、そんな返事したんだよ？」

サンディは笑うのをやめて、ぼくをおそろしい目つきでにらんだ。みんながサンディを弱っちいってからかってたのがうそみたいだ。こんなふうににらみ返せばよかったのに。そしたらだれだってからかうのをやめて、立ちつくすしかなくなる。これ以上首をつっこんだら、ぼくやぼくの将来まで呪《のろ》われそうな気がした。

なにもいえなくて、言葉をさがした。「あのさ、えっと、父ちゃんになぐられるのがわかってて、なんでそんなことをいったんだ？」

「キング、おまえは気にしすぎなんだよ」サンディの声がうわずった。かすれた声は、泣きそうなのか、もう泣いているのかわからない。ただ声が枯《か》れただけかもしれないけど。「おまえはいつだって、人からどう思われるかってことばかり気にしてる。やっかいごとに巻き込まれるのを心配してばかりいる。気にしすぎて、ハッピーになろうとしてない」

「おまえ、ハッピーなのか？　父ちゃんからなぐられ……」ぼくはまた、言葉につまった。

「じゃねえよ。でもな、本当のことがいえたのはハッピーだ。とにかく、おれらしくいようって決められたんだからな。どっかのだれかにどう思われてもかまわねえ。それがおれのハッピーだよ、キング」サンディはそこで口をつぐみ、またするどい目でぼくをみた。だけどもう、つもりつもった怒りは感じられない。「キング、おまえこそどうなんだ？」

「ハッピーかってことか？」

ぼくはハッピーじゃない。サンディの言葉がガツンとひびく。今まで考えたこともなかった。だけどたった今、そんな単純な問いかけでぼくの世界が大きく変わった。ぼくはハッピーじゃない。もういちどハッピーになれるかどうかもわからない。

サンディはそれ以上、しゃべらなかった。もう寝るからスマホのライトを消してくれ、とだけいわれた。それで話が終わった。

第十章

「教えてやろうか、キング」兄ちゃんがそういって笑った。寝てるはずなのに、起きてるみたいな笑い方だ。世界中の光を体にとりこんだかのように目も肌《はだ》も光を放っている。兄ちゃんがなかなか話しはじめないから、ぼくは考えたり書いたりしながら聞いていた。そもそも、笑いってなんなんだ？　一瞬《いっしゅん》にして世界中の幸せが体にとりこまれて、たまりにたまって一気に噴出《ふんしゅつ》されたもの？　そんなふうに兄ちゃんは笑う。大笑いすると、すっごくうるさい！　でも、兄ちゃんが笑うとぼくまで思わず笑顔になる。

「聞いてるか？」

兄ちゃんがひそひそ声でいった。ぼくは兄ちゃんに体をよせて次の言葉を待った。

「秘密を教えてやる。喜びなんてものは存在しない。悲しみなんてものもない。怒《いか》りも、なにもかもない」

「どういうこと？」ぼくもひそひそ声でたずねた。

「ただおまえが存在しているだけだ。おまえの中に星がある。それはだれにも変えられない。忘れるなよ、キング。約束《やくそく》だ」

一瞬だったけど、くっきりはっきり聞こえたから起きてるのかと思った。「起きてる？」ってきいたけど返事はなかった。兄ちゃんはつかのま起きてたのかもしれないけど、また寝ちゃったみたいだ。


今日は兄ちゃんの誕生日《たんじょうび》だ。

ぼくはリビングのソファにすわってシリアルをポリポリ食べながら、誕生日について考えていた。誕生日は、ひとつ年をとって、ケーキのロウソクを吹きけしたり赤ちゃんの頃《ころ》の写真をながめてずいぶん大きくなったなあって思う日だ。死んじゃった人の誕生日も祝えるのかな？兄ちゃんはもう成長しない。それでも今日は誕生日っていえるのかな？　生まれた日ってことはだれにも変えられないけど。たぶん。

今日の父ちゃんは具合が悪くて、仕事を休んだ。葬式《そうしき》以外で仕事を休んだのは、ぼくの知るかぎり、ただの一日もなかった。今は部屋にとじこもったままだ。母ちゃんはテーブルについて、また遠くを見るような目になっている。そばに行けば、きっとすぐにまばたきして作り笑いをするだろう。うちの空気の中に、静けさそのものを感じる。小さな家のなかで、影みたいなものが壁《かべ》からうかびあがってきて、ぼくたちにぐぐっと近づいてくる。これ以上家にいたら幽霊《ゆうれい》になってしまいそうだ。ぼくは、行ってきますもいわないでリュックをつかんで玄関《げんかん》からでると、学校に走っていった。

歩道のひびから雑草《ざっそう》が束《たば》になって顔を出し、すきまをこじ開けるようにして生えている。ところどころ歩道がとぎれてて、地面がむき出しになっている。ぼくはずんずん歩いて、なにも考えないようにした。なにを考えてもみんな兄ちゃんのことに結びついてしまうからだ。

太陽が熱い。

兄ちゃんならいうだろうな。「ああ神様、なぜ今日はこんなに暑いのでしょうか？」

そういえば、数学の宿題をやり終えてない。

兄ちゃんは科目の中で、数学がいちばん好きだった。ぼくが宿題に苦戦していると、まっさきに教えてくれた。だけど、ぼくだってできるところを見せたかった。兄ちゃん以上ってほどじゃないけど、あんまりかわらないって証明《しょうめい》したかった。そしたら兄ちゃんは、ニヤッと笑ってくれただろう。もっと教わっとけばよかった。

「キング！　キングストン・ジェームズ！」

名前を呼ばれて足をとめ、ぱっと振りかえった。通りの向こう側で、マグノリアの木陰《こかげ》にマイキー・サンダースが白人の仲間たちとたむろしている。

ぼくはまた前を見て歩きだし、スピードをあげた。マイキーがぼくの名前を呼びつづけている。足をとめずに振りむいたら、マイキーが道を渡って追っかけてくる。逃げきれるほど、ぼくは足が速くない。あっというまに追いつかれて肩をつかまれ、無理やり振りむかされた。

「呼んでるのが、聞こえねえのか？　ボーイ」マイキーがいった。

息が喉《のど》につまった。ボーイっていわれた。人種差別主義者《じんしゅさべつしゅぎしゃ》が黒人を呼ぶときの言い方だ。父ちゃんから、そう呼ばれたらだまってちゃいけないっていわれてる。だけどマイキーは背がぼくの倍くらいもあるし、ぼくに向かって細めた目は、じめっとしていて、今にもなぐりかかってきそうにみえる。と思ったら、急に目をそらし、赤らんだ顔をじりじり照りつける日差しに向けて、まぶしそうにした。

「聞きたいことがある」といった。

膝《ひざ》がかくがくする。リュックのストラップをぎゅっとつかんだ。

「オレの弟を知ってるよな」質問じゃない。「チャールズだ。おめえといっしょにいるのを見たことがあるぞ」マイキーはそこでちょっと言葉をとめてから、またつづけた。「おめえ、あいつの友だちか？」

そんなの、ぼくだって知りたい。ぼくは答えずに口をかたく結んでいた。マイキーは、ぼくが答えないのが気に入らないらしい。大きな白い手が伸《の》びてきて、肩をつかまれ、体をぶんぶんゆさぶられた。押したおされそうだ。「どうなんだよ？　おめえ、チャールズの友だちなんだろ？」

ちがうよといって逃げたかったけど言葉が出てこない。友だちじゃないふりをするのはサンディを裏切《うらぎ》ることになるのかな？　ぼくがサンディにしたことを考えると、友だちじゃないなんていうのは、まちがってる気がする。

「そうだよ」マイキーに答えた。「ぼくらは友だちだ」

マイキーは満足したようにぼくの肩から手をはなして腕組みをした。「そうか。あいつに話し相手がいてよかったよ。よくひとりでいるから心配してたんだ」

なにをいいたいのか見当もつかないけど、そんなことをいわれるなんて思ってもいなかった。ぼくが知っちゃいけない秘密みたいに思える。

「で、キングよ」マイキーがにじり寄ってきた。体臭がわかるくらい近い。ついさっきまでたばこを吸ってたらしい。「友だちなら、あいつがどこにいるか知ってるよな？」マイキーはぼくの顔をのぞき込んでゆっくりうなずいている。「あいつの居場所だよ。知ってんだろ」

「知らない」あっさり答えすぎたかもしれない。ぼくはもういちどいった。ゆっくり、はっきり。「どこにいるかなんて、ぼくは知らない」

「うそいえ」

「うそじゃない。うそなんかついてない」

マイキーは急にぼくの首を大きな手でつかむようなそぶりをした。前に黒人を殺したというわさを思いだした。ぼくを殺すくらいどうってことないはずだ。どうしようもなくて、思わずあとずさった。こわいって叫《さけ》んでるようなものだけど、そうするほかなかった。

マイキーはぼくをにらみつけた。「教えろ、キング。あいつはどこだ?」

「知らないといったら、知らない」

「今すぐいわねえなら、サンダース一家にかかわったことを後悔させてやる。わかったか?」

こわくて動けない。しゃべれない。うなずけないし、なにもできない。ぼくとマイキーはそこに立ったままお互《たが》いを見あって、丸々一分くらいはそうしてたと思う。実際にはこわすぎて時間の感覚なんかなかったけど。マイキーがぼくの兄ちゃんをどんなふうにあつかったかを思いだした。兄ちゃんは勇敢《ゆうかん》にやり返していた。もし兄ちゃんがここにいたら、きっとこういうだろう。「勇気をだせ、キング」って。

「サンディの居場所なんか、知るもんか」ほかの人の口から出た言葉みたいに聞こえた。「知ってたって、ぜったいに教えない」

一瞬、ぶんなぐられるかと思った。だけどマイキーは満足したみたいな、ネコがトカゲをくわえたみたいな顔つきで、きびすをかえして通りの反対側にいき、マグノリアの木陰に消えた。

マイキーが行ってしまうと、すぐに心臓《しんぞう》がばくばくするのを感じた。まるでハンマーみたいに胸をたたく。肋骨《ろっこつ》を激《はげ》しく打つ。心臓発作《ほっさ》ってこんなかな。カリッド兄ちゃんをおそったやつだ。サッカーの練習中に兄ちゃんの心臓は発作を起こした。これといった理由もなしに。健康そのものだったし、若かった。兄ちゃんみたいな人が心臓発作で死んじゃうなんて、思ってもみなかったことだ。だけど兄ちゃんにはそれが起こった。

でも、ぼくはここにいる。まだ生きている。

ぼくはまた歩きだした。


今日ジャスミンはブリアナやカミーユとばかりいる。ランチのときでも教室でも自由時間でも。いつもなら休み時間はぼくと過ごすのに、三人で下を向いてくすくす笑って、ひそひそしゃべっている。三人がそうやってくすくすひそひそやってると、ぼくのことをしゃべってるみたいでいい気はしない。

終業のベルが鳴って、ジャスミンがやっとぼくのほうを見た。ロッカーに本をしまっていたら、となりにやってきた。すごく真剣な顔つきで、大事な問題でもあるみたいな様子で休み時間に書いてたノートをとりだした。脚本《きゃくほん》を書いていたノートだ。

「キングに持っててほしいの」ジャスミンがいった。息をとめている。緊張《きんちょう》して肩が耳につきそうなくらい上にあがっている。

「読んでほしいってこと?」びっくりしてたずねた。

ジャスミンは、ぼくの手にノートを押しつけた。日記でも渡された気がした。読んじゃいけないような、個人的すぎて表紙さえ見ちゃいけないような。「ぼくが読んでいいものじゃないよね」

ジャスミンが少し下を向いた。「どうして？」

「それ、ジャスミンが好きな男の子のことを書いた話なんだろ？」

ジャスミンは腕をぎゅっと組んで、ぼくのスニーカーを見おろした。好きな相手をききだそうなんてつもりはなかった。ぜんぜん。だけど、もっとましな聞き方を思いつく前に言葉が口をついて出た。「ジャスミン、その、ジャスミンが好きな男の子ってさ……ぼく、じゃない、よね？」

ジャスミンはしばらくなにもいわなかった。ぼくは息をとめてジャスミンの言葉を待った。うそをついてくれればいいのに。そしたら、なにもなかったことにできる。

「そうだよ」とうとうジャスミンが口を開いた。「わたしが好きなのはキング」

炎《ほのお》に肌をなめられた気がした。恥《は》ずかしい。なんて答えたらいいかわからないのに、ジャスミンはいつものように辛抱《しんぼう》づよく待っている。ぼくを好きといったことについて、目の前でぼくの答えを待っている。沈黙《ちんもく》をやぶろうともしないで。

ぼくは、ノートがばらばらになりそうなくらいにぎゅっと強くつかんだ。「なんでぼくなの？」

ジャスミンは、耳のあたりまであがっている肩をさらにあげた。頭の上をとびこしちゃいそうなくらいに。「だって、本当にいい人だし。それに、いつも人のことを気づかってる。頭がよくて、努力家で、必ず宿題をやってくる。お兄さんのことでは……」そこで言葉をとめた。

ぼくはまだ、ノートに目を落としていた。ジャスミンの声が、水底《みなそこ》から聞こえてくるみたいだ。女の子がぼくを好きだといってる。このぼくを。なんて答えたらいいんだろう？　どう考えたらいいんだ？　おおぜいの女の子たちが、いつも兄ちゃんに夢中になってた。狭い町のなかで、兄ちゃんをあっちこっち追っかけまわしていた。メイクをして長い髪《かみ》をなびかせて。でも、兄ちゃんはだれともつきあわなかった。サッカーに熱中してたし、ディベートクラブのことや、成績のことばかり考えていた。どの大学に行こうかということも。カノジョのために使う時間なんかなかった。だけどもし兄ちゃんがここにいたら、今のぼくになんていえばいいか教えてくれるはずだ。ジャスミンとぼくが同じ気持ちかどうか、考える手助けをしてくれるはずだ。だって、それこそぼくがぜんぜんわからないことなんだから。

「それで？」ジャスミンが答えをうながす。静かな声だ。ぼくがジャスミンを傷つけるようなことをいうかもしれないと思っている。この数週間、ぼくは人を傷つけてばかりいた。サンデイを数えきれないくらい何度も傷つけた。同じことをしてジャスミンを傷つけるわけにはいかない。ジャスミンがぼくを思うのと同じようには好きじゃないなんていったら、もうぼくたちの友情は終わってしまうかもしれない。

ぼくは大きく息を吸っていった。「ぼくも好きだよ」

明るい、太陽のようにあたたかい笑顔がまぶしすぎて思わず目を閉じた。ジャスミンは両腕をぼくにまわしてハグをした。「じゃあわたしたち、つきあうってことよね？」

イエスの返事を期待してるのはわかってたから、ぼくはそうだといった。

ジャスミンはぼくの手をとって、校門を出るまでずっとはなさなかった。みんながぼくらを見てる。ダレルが口をあんぐりあけている。カミーユはにっこり笑って手をふっている。ぼくの手は汗ばんで熱をもっている。こんな、みんなが見てるところで手をにぎられたくない。だけどぼくらはカレシとカノジョになった。カレシとカノジョなら、こうするものなんだ。ジャスミンが頬にキスしてきて、ぼくがなにもいわないうちに走って行ってしまった。見てた生徒たちが、オオオオオオーって歓声をあげる渦《うず》のなかに、ぼくは置き去りにされた。

たいしたことじゃないって、ごまかし笑いをしたけど、埃《ほこり》っぽい道を歩いているうちに頭がまっ白になってきた。

カノジョができたと知ったら、兄ちゃんはきっと喜んでくれたはずだ。「ゲイだなんて思われたくないだろ?」って兄ちゃんはいった。サンディが、好きな男がいるってぼくにいったあとだ。それがきこえてたなら、ぼくがそのあといったこともきいたはずだ。ぼくはあのテントの中で、「ぼくもゲイかもしれないって思うときがある」といったんだ。

兄ちゃんは、ぼくの言葉を聞いたとはいちどもいわなかった。ただぼくにサンディからはなれろといった。おまえも人からゲイだって思われたくないだろ? といって。

ぼくは兄ちゃんに、人がどう思おうとかまわないよって答えた。だけど兄ちゃんは気にした。黒人はゲイになっちゃいけないんだよ、キング。おれたちはこの肌の色のせいでとっくの昔に世界中から嫌《きら》われている。そのうえ、こんなことで白人どもからますます嫌われるわけにいかないんだ、と。

兄ちゃんにそういわれて、悩《なや》むのをやめた。どうして自分はダレルみたいに女の子を好きになれないのかも気にしないことにした。サンディといっしょにいると、いつだって胃のあたりが変な感じになった。サンディの笑い声や笑顔が好きで、サンディの話なら何時間でもきけて、ちっとも飽《あ》きないのはなぜだろうということも考えないようにした。たまに、ほんのたまにだけど、それが人を好きになることなのかもしれないと思うことがあった。

もう悩むのはやめようと思った。わきあがってくる疑問のことは考えないようにする。それなのに、トンボに会いに行く道すがら、ぼくの頭の中は疑問でいっぱいになっている。

第十一章

湿地《しっち》に着いてもそのまま歩きつづけた。いつもの沼を通りすぎて、ゆうべサンディと歩いた坂道をあがった。昼間だと風景がまるでちがって見える。オークの枝、枝から垂《た》れて地面をこする糸状のコケ、あたりにただようマグノリアの花のあまい香り。セミが鳴いて、風がゆるやかに木々を抜けてささやいている。

マーチンじいさんの小屋は日差しをあびていっそうおんぼろに見え、今にもたおれそうだ。ドアのすきまからこっそり入ったけど、サンディはいなかった。顔を上げて窓から外を見ると、サンディのうしろ姿が目に入った。川の土手にすわっている。

外にでて裏手にまわった。押し寄せる熱さとセミの鳴き声に打ちのめされそうだ。サンディのとなりに腰をおろして手をついたら、草がちくちくして地面が湿っていた。ジーンズも湿ってくる。そっと近づいたからびっくりするかと思ったのに、サンディのやつ、こっちを見もしないで、「よお、キング」っていった。

「おどろかないんだな」

「ずっと前から足音が聞こえてたよ。おまえ、死んだやつでも目をさましそうなくらいにドタドタ歩くっていわれたことねえか?」

サンディがなんのためらいもなく「死んだやつ」っていえちゃうところが好きだ。ぼくは首を横にふった。「いちどもないな」

「まあ、おまえの歩き方ってそんな感じだよ」

サンディといっしょに小高いところにすわって、足をぶらぶらさせた。川の水が下のほうでくだけちってしぶきをあげている。サンディが釣《つ》り糸《いと》を垂らしている。その糸、どうしたんだってきいた。「棚《たな》の中を探ったら、ごちゃごちゃ入ってた物のなかにあったんだ。ハンマーにネジ、セロハンテープ、マッチ箱とかもあったぞ」そしてサンディはちょっとだまってからきいた。「この小屋、だれんちなんだ?」

「知らない」ぼくはうそをついた。「わかんないけど、だれも帰って来ないといいな」

「おれとおまえだけだ。ここ、気に入ったよ。ずっと住んでもいいくらいだ。魚を釣《つ》って、ベリーをつめばいい。雨がふったら、表に鍋《なべ》をおいて水をためる。死ぬまでずうっと、ここにいたっていい」

「寂《さび》しくないか?」

「おまえがいるじゃんか。だろ?」

そんなことをいわれて胸がドキドキした。「ジャスミンがさ、ぼくのカノジョになったんだ」

サンディはくるっと振りむいてぼくを見た。今日初めてサンディがまともにぼくを見ている。

「それ、マジ?」

「うん」

サンディは、また下を向いて川の水がはねるのを見ている。それからしばらく無言だった。

そして「おめでとう」といった。

「カノジョができたときって、そういうふうにいうものなのか?」

サンディは肩をすくめた。「知るかよ。だれにカノジョができたとか、きいたことねえし。

いってみただけだ」

「おまえはこれから、やりたいことをやるんだろ?」

サンディがうなずく。「ああ、やる」

「うらやましいな」

「なんでだよ?」ぼくの言葉にむかついたらしい。「おまえだって、やりたいことやれるだろ。

選びさえすりゃいいんだから」

本当にそうなのかな。ぼくは逃げられない。たぶん女の子じゃなくて男の子が好きだってことをだれにもいえない。なにもできない。なぜだかわからない。ぼくとサンディは、なんでこんなにちがうんだろう?

「おまえがおれをうらやましいなんていうのは、気に食わねえ」サンディがいう。「おまえの暮《く》らしはかんぺきじゃんか」

ぼくは笑いとばした。「かんぺきなんかじゃないよ!」

「へえ、そうか?」そういって、サンディはぼくをにらんだ。きびしい目つきにぼくはたじろいだ。どうしてそんなに怒《おこ》るのかわからない。「おまえんちの母ちゃんと父ちゃんは、おまえがほしいっていえば、新しいTシャツやジーンズを買ってくれるんだろ?」

ぼくはそっぽを向いた。うしろめたい気持ちが顔に出てると思ったからだ。サンディはかまわず話しつづける。

「おまえの母ちゃんは、今もいっしょにいるだろ? 赤ん坊のときにおまえをすてたりしないでさ。おまえには自分のベッドがあるんだろ?」サンディは少しだまった。そして「おまえの父ちゃんはおまえをなぐるか?」といった。

「ごめん、サンディ」

「おまえって、そればっかり。しょっちゅうごめんっていってるのは、ごめんっていわなきゃならねえことをする前になんにも考えてねえってことだとおれは思うね」

ぼくはまた腹がたってきた。最近のサンディはぼくに文句ばかりいう。なにをいっても、どんなに力になろうとしてもすぐに怒るから、もう前のような友だちにはもどれないかもしれない。「少なくとも、おまえにはまだ兄ちゃんがいるよな」ぼくは小声でいい返してやった。

サンディの顔が和《やわ》らいだけど、ぼくのいったことには返事をしなかった。

ぼくたちは、だまって釣り糸に魚がかかるのを待った。この川には生きてる魚なんか一匹もいそうもない。このまま永遠に釣れないかもと思い始めたとき、サンディが口をひらいた。

「ジャスミンね、へえ」

ぼくはむりに笑った。「そうなんだ。思ってもなかったけど」

「おれにはわかってたよ！　ジャスミンは、おまえのことばっかり話してる。おまえが気づいてなかったほうがびっくりだね」

「ほんとか？」

サンディが笑った。「おまえさ、ほんとに鈍感《どんかん》だよな、キング」

そうかもしれない。いい返せない。サンディはどうしてこっちを見てるんだ？　ぼくが鈍感でわかってないことがほかにもまだあるってことか。

「サンディ、おまえさ、ぼくのこと好きだった、とかじゃないよな？」

サンディは大きく息を吐いた。そうしてぼくが知ってるいつものサンディにもどった。視線を落として釣り糸をいじっている。顔が赤らんできてやがて真っ赤になった。でも話しだした声は落ち着いている。「まあ、そうだな。おまえを好きだったこともちょっとはあったよ。そしたら、あの晩……」

サンディは口をつぐんだけど、いいたいことはわかった。あの晩、なにもかもが変わったんだ。サンディがぼくに秘密を教えてくれて、ぼくも秘密をうちあけたあの晩だ。

「あのとき、おれ、すっげえうれしかった」声が小さすぎて、セミの泣き声や川の音やそよ風が枝をゆする音にまぎれてしまってよく聞こえない。「おまえが好きだったからってだけじゃねえ。やっと、ひとりぼっちじゃねえって思えたんだ。生まれて初めてな。おれ以外の人間が、おれと同じだっていってくれたからさ」

「で、そのあと、ぼくがぜんぶ台無しにした」その先をぼくがいった。サンディはなにもいわない。だけど、ぼくもサンディもそう思っている。ぼくが、サンディとの仲をぶっこわした。こわかったからだ。なんでぼくはいつもこわがってばかりいるんだ?

その先をいおうとしたとき、サンディがうわっと声をあげた。視線を追って手先を見ると、釣り糸がピンとはっている。

「なんか、かかってるぞ!」サンディに向かって叫んだ。

「わかってるよ!」サンディがどなり返す。

釣り糸が強く引かれて、サンディの手から抜けてしまいそうだ。サンディはうしろにさがりながら糸をしっかりつかんでるけど、逆に川に引きずりこまれそうなほどのいきおいで引かれている。ぼくは急いでサンディのうしろに回り込んで腕をつかみ、体ごとうしろに、うしろに、さらにうしろにと引っぱり、とうとうふたりして背中からドサッとたおれこんだ。ぼくらは顔

郵便はがき

料金受取人払郵便

麹町支店承認

6246

差出有効期間
2024年10月
14日まで

切手を貼らずに
お出しください

1 0 2 - 8 7 9 0

1 0 2

［受取人］
東京都千代田区
飯田橋2－7－4

株式会社 作品社
営業部読者係 行

【書籍ご購入お申し込み欄】

お問い合わせ　作品社営業部
TEL 03(3262)9753／FAX 03(3262)9757

小社へ直接ご注文の場合は、このはがきでお申し込み下さい。宅急便でご自宅までお届けいたします。送料は冊数に関係なく500円(ただしご購入の金額が2500円以上の場合は無料)、手数料は一律300円です。お申し込みから一週間前後で宅配いたします。書籍代金(税込)、送料、手数料は、お届け時にお支払い下さい。

書名		定価　　円	冊
書名		定価　　円	冊
書名		定価　　円	冊
お名前	TEL　（　　）		
ご住所 〒			

フリガナ
お名前

男・女　　　　歳

ご住所
〒

Eメール
アドレス

ご職業

ご購入図書名

●本書をお求めになった書店名	●本書を何でお知りになりましたか。 イ　店頭で ロ　友人・知人の推薦 ハ　広告をみて（　　　　） ニ　書評・紹介記事をみて（　　　　） ホ　その他（　　　　）
●ご購読の新聞・雑誌名	

●本書についてのご感想をお聞かせください。

ご購入ありがとうございました。このカードによる皆様のご意見は、今後の出版の貴重な資料として生かしていきたいと存じます。また、ご記入いただいたご住所、Eメールアドレスに、小社の出版物のご案内をさしあげることがあります。上記以外の目的で、お客様の個人情報を使用することはありません。

を見あわせて、それから釣り糸に目をやった。逃げられたかと思ったけど、すぐ横で大きな魚がのたうちまわっている。エラをパクパクさせながら日の光を反射させて、泥にまみれてピチピチはねている。

サンディは大歓声をあげた。

「川にもどさなくちゃ」ぼくがいった。

サンディが振りむいて「なんだと？　なんで？」っていってる。

魚はまだもがいている。水中の空気をとりこもうともがいている。だけど、この魚のための空気はここにない。ここにはないんだ。目がかっと熱くなるのを感じた。「そいつを川にもどせよ」

サンディはさっさと魚のところへ行って尻尾《しっぽ》をつかんだ。「どんなもんでも、いつか死ぬんだ、キング。おれだって食わなきゃならない。いやなら帰っていいぞ」

いい返せなかった。あとについて小屋にもどったけど、サンディがキッチンで肉斬り包丁《にくきりぼうちょう》をつかんだときは目をそらした。魚の頭をすぱっと切り落とすのなんか見てられない。魚は頭がなくなってもピクピク動いてた。ぼくは膝《ひざ》をかかえてソファにすわった。血と内臓《ないぞう》の匂《にお》いが室内にこもってむんむんしている。ぼくは、サンディがさっきいったことを考えていた。「どんなもんでも、いつか死ぬ」

「おれ、マイキーとよく釣りに行ったんだ」サンディがいう。「エサやウキの付け方はマイキーに教わった。おれら、こんなもんしか食えないときがある。父ちゃんは、機嫌《きげん》が悪いと食いものも金もくれない。自分たちでなんとかしなきゃならねえんだ」

サンディの言葉が何度も何度も頭の中でこだましていた。「どんなもんでも、いつか死ぬ」

サンディはフライパンをガスレンジにごつんと乗せて、カチカチと火をつけ、ジュージューと魚を焼いた。「おれ、どんな魚のどんな料理法も知ってるんだぜ、ザリガニだって釣れるし」まあ、厳密《げんみつ》にはザリガニは魚じゃないけど。マイキーは、母親が家をでていく前にルイジアナ名物のケイジャン料理を教わっていて、それをサンディに教えたらしい。母親は父親からなぐられるのがいやだったくせに、サンディやマイキーがなぐられるのはかまわなかったのか。

サンディがそんなことを話していたけど、ぼくはあまりきいてなかった。脳のなかで、さっきの言葉が何度も何度もくり返されている。いつのまにか、ほかの人には絶対いわないことをサンディに話していた。「ぼくの兄ちゃん、トンボになったんだ」

いってしまった。いうつもりなんかぜんぜんなかったのに。サンディ・サンダースといっしょにいると、よくこういうことになる。サンディは人の秘密をさぐったりしない。一時間でもひとりごとをいっていられるやつだ。そのうち、だれもがつられて、いつのまにか自分の秘密をサンディにうちあけてしまう。ぼくもそうだった。あのテントで、ぼくはサンディに秘密を話してしまった。

そして今ぼくは、こうしてもうひとつの秘密を話している。

魚の焼けるジュージューという音がきこえる。サンディがこっちを向いた。なんにもいわない。説明しろともいわないし、ばかじゃね、ともいわない。ただぼくを見て、次の言葉を待っている。死ぬまででも待ってやるぞって感じで。さもなければ、サンディはとっくに知ってて、ぼくが話し終えるのを待ってるだけかもしれない。

「兄ちゃんはトンボになった。ぼくにはわかるんだ。葬式《そうしき》のとき、トンボになった兄ちゃんが飛んできて棺《ひつぎ》にとまった。ピンとこないかもしれないけど、今でもあれは兄ちゃんだったって思ってる」

サンディはレンジの火を消した。ぼくのそばにきて静かにしている。眠ってるぼくを起こしたくないって感じで。ソファにきてとなりにすわり、しっかりぼくの目を見ながら足を組んだ。

「会いに来てほしいってずっと思ってるのに、兄ちゃんはまだ来てくれない。ぼくは湿地に行って……ほら、前におまえがぼくを見かけた湿地だ。覚えてるだろ？　あそこにカリッド兄ちゃんを探しに行くんだ。あそこで兄ちゃんを待つ。なのに、兄ちゃんはいちども来てくれない」

サンディはなにもいわない。ぼくを見て、じっと耳をかたむけている。こんなにじっくり人の話を聞いたことはないって感じで。

「兄ちゃんは、ぼくが寝てるとき、ときどきやってくる。だけど、ほんとに兄ちゃんなのかどうかわからないし、ただ兄ちゃんの夢を見てるだけかもしれない」

涙が出てきて、まぶたの裏がひりひりする。泣きたくない。ここで泣いたらだめだ。今はだめなんだ。ぼくは立ちあがって、サンディから目をそらして窓のほうを向き、顔を見られないようにした。「ぼく、なんで今こんなことをいってんのかな」

サンディはずいぶん長いことじっとしていた。そしてとうとう口を開いた。「いっしょに魚食わねえか？」

ぼくは手のひらで涙をぬぐって、肩越しにサンディを見た。

「調味料《ちょうみりょう》も野菜もなんにもねえけどよ」

サンディが肩をすくめる。

うん、と、ぼくはうなずいた。サンディはレンジにもどって、戸棚をバタンバタンと開け閉めして皿を探した。壊れかけた皿とスプーンが一個ずつしかない。ふたりでソファにすわって、残っているウロコをとったり、骨で指をケガしないように注意して魚を切りわけた。身はなかなかかみ切れなくて、生焼けのところもあった。それでもぼくらはひたすら食べつづけて、いつのまにか、友だちだったころのように話をしていた。休み時間にいっしょにすわったり、放課後いっしょに帰ったりしてたころのように。

「おれ、今でもいっしょにつくったマンガ本のことを思いだすよ」サンディはそういって、魚を口いっぱいにほおばったまま満面の笑みをうかべた。「おまえは？　あの本のこと、思いださねえか」

「ああ、ひどいもん作ったなって思うことあるよ」

サンディが大笑いした。「そんなにひどかねえぞ！」

「最悪だったよ！」

サンディは首を横にふった。「もう少し手を加えて図書室でコピーすれば、きっと学校で売れるよ」

「冗談《じょうだん》だろ？　こっちがお金を払わなきゃいけないくらいだ」

サンディは首をふった。「あの本のことをよく思いだす。おれの最高傑作《さいこうけっさく》だ」

「おい、あれ、おまえひとりで作ったんじゃないぞ」

「わかってるって」サンディがすぐに反応する。「だけどさ、だからこそ、よくできてるなって思うんだ。ってかさ、おもしろかったよな。おまえとジャスミンと三人でさ」サンディはだまった。でもすぐにまた話しだした。「あの本、ジャスミンから返してもらって印刷して売れよ」

ぼくはサンディを見つめながら、両手でちいさな骨を引きぬいた。「ぼくさ、ジャスミンのことが好きかどうか、自分でもわからないんだ。友だちとしては好きなんだ。カノジョとしてじゃなく」

サンディはぼくを見ない。「じゃあ、なんでつきあうことにしたんだ？」

それはぼくにもわからない。

サンディがいう。「ジャスミンにうそをつくのはよくないな。失礼だ」サンディがいう。それからふたりともだまりこくって、考えにふけった。変だけどサンディがぼくとおんなじことを考えてるのがわかる。あのテントでいっしょにいたときの記憶だ。なんの冗談だったかおぼえてないけど笑いあったこととか。あのときサンディはぼくから目をそらして真剣な顔つきになって、すごい早口で人生がかかっているかのように秘密を話しはじめた。だれにもいうなよ、絶対だ。約束《やくそく》できるか？　って。そう、ぼくはあのときサンディに約束したんだった。サンディからきいた言葉がずっしりと存在感をもち、ぼくは声が喉《のど》につまった気がしたのを覚えている。

サンディにきいてみた。「おまえ、どうやって自分がゲイだってわかったんだ？」サンディは魚をじっと見ていた。いつもならあっというまに目の前のものを食べきってしまうのに、めずらしくまだ身の部分が残っている。サンディは自分の指と魚の背骨をじっと見つめている。針に糸を通すときみたいに真剣な目でいった。「わかんねえ。ただ感じるんだと思う」

「どんな感じ？」

サンディは、鉄製《てっせい》の屋根を見ながらずいぶん長く考えこんでいた。「映画やテレビや本によく出てくるだろ。あんな感じだ。すっげえ緊張と興奮《こうふん》が同時に起こる、みたいな。おれは、そんな気持ちを男になら感じるのに、女にはちっとも感じねえ。それでおれはゲイなんだってわかった。ほんとに女にはいちどもドキドキしたことがねえ」

サンディがぼくを見ている。ぼくがなにかいうのを待っている。でも、ぼくはなにをどういったらいいかわからない。ぼくも同じような感覚をもっている気がする。ぼくもサンディに対して、緊張したり、ドキドキしたりが同時にくることがある。その緊張とドキドキが、幸せなわくわく感になって体を突き抜けていったりする。それを声に出していおうとすると、お腹がねじれたみたいに苦しくなる。

ぼくらは皿とスプーンを洗って、食べ残しや内臓をぜんぶ川にすてた。最初にぼくが川にもどそうっていったように。ふたりで川辺に立って、太陽がしずんでいくのをながめた。空の青さがだんだん濃くなっていき、遠くのほうが紫色《むらさきいろ》にそまっていく。サンディはぼくに、カリッド兄ちゃんがトンボになってよかったなっていった。

「だれも本当にいなくなるってことはねえのかもな。そんな気がする」サンディはいった。

第十二章

何日も何日もただ時間が過ぎていき、なにもかもがだんだんあいまいになってきた。兄ちゃんがいってたことは正しかったのかもしれない。……いろいろなことはいっぺんに起こる。そして、時間なんてものは存在しない。ぼくは学校に行き、終業ベルが鳴ったらすぐに湿地《しっち》に行った。いつものように。だけど兄ちゃんを探すんじゃなくて、小屋に直行《ちょっこう》してサンディと午後を過ごした。うちの冷蔵庫《れいぞうこ》から残りものを持っていった。パック入りチャーハン、二日前のハルマキ、ピーナッツバターとジャムと白パン、前の晩に父ちゃんが注文したくせに手をつけなかったピザ丸ごととか。父ちゃんはピザの箱《はこ》も空《あ》けずにキッチンカウンターにおいたまま寝てしまうことがある。サンディは釣《つ》りやベリー摘《つ》みをつづけている。ウサギをつかまえるワナまでしかけ、皮をはいで、こんなのなんでもないってふうに料理して食べていた。

ぼくらは、けんかなんかしてなかったみたいに元通りになっていた。こうなると、仲たがいなんて、ぼくが頭のなかで作りあげたか、悪い夢だったかのように思えてくる。今のぼくたちは以前のような友だちにもどっている。「もうおまえとは話をしない」ってぼくがサンディにいう前のように。何時間でもしゃべっていられた。アニメの話や、マンガ本を売るアイデアなんかをしゃべった。サンディはソファの下からハーモニカをみつけてめちゃくちゃに吹き、ぼくはフライパンをたたいてバンドみたいにセッションを楽しんだ。湿地のあちこちで競走して走り、いつもサンディが勝った。サンディはワニに追い立てられてるみたいに走る。いっしょに川に飛びこんで泳いだり、素手《すで》でナマズをつかまえようとしたりもした。だけど、ナマズに触《さわ》った瞬間ビビっとしびれて、あわてて水からはい上がるはめになった。

ぼくたちは湿地一帯を歩いて、トンボがいるあたりまで来た。サンディはなんにもいわない。透《す》けた羽をふるわせながらトンボが飛びかうのを好きに見させてくれた。兄ちゃんが来てくれないかと見ていると、だんだん熱いものが込み上げてきてまた涙《なみだ》がこぼれた。サンディはなにもいわないで待っててくれた。

兄ちゃんは怒《おこ》ってるかもしれない。以前のように兄ちゃんを探しにここに来なくなってるから。母ちゃんや父ちゃんが望むように立ち直ってるふりをしてるから。もうぼくは息をするたびに悲しみにくれることはない。新しい「ふつう」を見つけたんだ。そのふつうというのは、サンディだ。

土曜の朝、母ちゃんや父ちゃんより先に起きた。サンディにシリアルと前の晩の食べかけのチーズバーガーを持って行くつもりだ。リュックのジッパーを閉めようとした時、廊下《ろうか》の奥のドアがギーっと開いて、母ちゃんがバスローブのひもを結びながら出てきた。眠たそうにあくびをしている。あわててチーズバーガーを冷蔵庫にもどしてテーブルの下にリュックをかくそうとしたけど、まにあわなかった。母ちゃんはぼくがリュックを持ってるのを見て、眉《まゆ》をひそめた。

「どこ行くの？　まだ七時にもなってないじゃない」

まごつきながら答えた。「図書室だよ」

母ちゃんは、いぶかしげに目を細めてこっちを見てる。母ちゃんにうそをつくと必ずばれる。じたばたしても意味がない。「どうして図書室に行くの？」

「宿題、とか？」どぎまぎした。

「ちがうでしょ。宿題ならここで、自分の家でゆっくりできるでしょ」母ちゃんがキッチンに入ってきて、やかんを火にかけてお茶の支度《したく》をはじめた。「最近あまり家にいつかないじゃない、キング。いっつも放課後はどこかに行っちゃって」

「話したよね。ジャスミンといっしょに新しいマンガを作ってるって」そうはいったけど、母ちゃんは、やっぱりぼくのうそを見抜いてしまう。

廊下の奥のドアがまた開いて、トイレの水が流れる音がした。父ちゃんがぶつぶついいながらキッチンにやってきて、いつものようにおはようっていう。三人でいつものような土曜の朝がはじまった。兄ちゃんが死んでから、この数か月、ぼくたちはずっとそうしてきた。ぞっとするのは、前は土曜の朝をどう過ごしていたかよく覚えてないことだ。兄ちゃんはこの時間はまだ寝てたっけ？　そうだ。兄ちゃんはまだベッドにいて、ぼくは兄ちゃんが起きるより先にテレビをつけようとよくリビングに走ったんだった。母ちゃんが朝食を用意して、兄ちゃんは夏のあいだはサッカーの練習に行く支度をしてた。父ちゃんはキッチンのテーブルで新聞を読んでから庭に出て、草刈《くさか》りをしたり雑草《ざっそう》を引っこ抜いたりしてた。あの頃《ころ》のぼくらは、そんな生活がずっと、永久につづくと思っていた。ひとつの心臓《しんぞう》の鼓動《こどう》がとまっただけでなにもかもが変わってしまうなんて、ほんの一瞬《いっしゅん》も、だれも思ってなかった。

　ぼくがうそをついたせいで、土曜の朝だというのに母ちゃんに宿題をやらされるはめになった。大好きなアニメがリビングのテレビで流れているのをキッチンから横目で見た。サンディのことはあんまり考えないようにした。ひとりでなんとかやってるはずだ。狩《か》りをして、魚を釣《つ》って、ベリーを摘《つ》んで。ぼくが持っていく食べ物を待ちきれない時はそうしている。だけど、母ちゃんが向こうを向いたすきに、バーガーとシリアルとリュックをつかんで玄関《げんかん》から飛びだすつもりでいた。

　抜けだす方法ばかり考えてたから、食器棚《しょっきだな》を開け閉めする音や、冷蔵庫がばたんとしまる音に気がつかなかった。音がだんだんつながってきて顔をあげると、フライパンがレンジにがつんとおかれた。

フライパンの前にいるのは母ちゃんときまってたから、父ちゃんがいるのを見たとき、首が折れそうなほど振りむいて二度見した。父ちゃんが冷蔵庫から牛乳パックと卵をひとかかえとり出してボウルとパンケーキミックスの箱をつかんだ。母ちゃんも見ているけど、それほどおどろいてない。きっと母ちゃんは待って、待って、待って、待って、待ちつづけていたんだ。父ちゃんが食べたければ、自分で作るしかないって気づくのを。

母ちゃんがぼくのとなりにすわる。「キング、宿題わからないところある?」

ぼくは首を横にふった。じろじろ見るのは失礼だとわかってるけど、父ちゃんから目をはなせない。卵を割って、ミルクとパンケーキミックスを入れてる。父ちゃんって、レンジの火のつけ方を知ってたんだ。

まもなく、皿に盛《も》られたパンケーキがメープルシロップのビンといっしょにテーブルにおかれた。父ちゃんは数枚ずつとりわけると、椅子《いす》をひいてすわり、無言で食べはじめた。母ちゃんは自分のパンケーキを小さく真四角に切って口に入れ、よくかんで食べている。父ちゃんの料理への感想はない。ただ、パンケーキおいしいね、おまえもそう思うでしょ?　とだけいった。ぼくはほおばったままうなずいて、おかわりを頼《たの》んだ。

「キングストン」母ちゃんが口を開いた。ぼくをフルネームで呼ぶときは、大事な話があるときだ。ぼくはさらに数回、パンケーキをゆっくりかんだ。「あたしたちね、おまえと話したいと思ってたんだよ。マルディグラのことだけどね」

大きなかたまりが喉《のど》につかえた。前にマルディグラの話をされたとき、なにもいえなくて泣きだしたんだった。ぼくはじっとすわっていた。目の前にこわい犬でもいて動いたらかまれるかもって、かたまってるみたいに。母ちゃんと父ちゃんも、同じように動かずにじっとぼくを見ていた。ぼくらはみんな、息をつめて待っていた。

ある瞬間がすぎるまで。

ぼくが泣きださないとわかるまで。

カリッド兄ちゃん、怒るかな？　ぼくは、兄ちゃんのことを考えても泣きだすことがなくなっている。

「あと数週間だよ」母ちゃんがいう。「行くのなら、イドリスおばさんに知らせなくちゃならないから」

頭にきたのは、母ちゃんがさっさと話をすすめようとしてるからじゃない。行きたいって思った自分にむかついていた。ぼくはいつだってマルディグラが好きだった。パレードも山車《フロート》もコスチュームも音楽もぜんぶ、すごく好きだった。別の世界に連れていかれた気分になれるからだ。幽霊《ゆうれい》や妖精《ようせい》やモンスターに囲まれて、いつもの自分を忘れられる。

いつだってマルディグラは好きだ。だけど行けない。ニューオーリンズには行けない。兄ちゃんが生きてなかったみたいに、兄ちゃんが存在してなかったみたいに平気な顔して行けっこない。

ぼくはごちそうさまもいわずにテーブルを立った。母ちゃんに呼びとめられても無視《むし》した。兄ちゃんとぼくのものだった部屋に入って、マットレスの下に手を入れてノートをとりだした。窓を開けて外にはい出た。地面に足がつくと、ジャングルみたいになってる庭を草や野の花を踏《ふ》みながらつっきってテントに行った。

どれくらいすわっていただろう。ただすわってノートをパラパラめくっていた。

空が紫色《むらさきいろ》になってるぞ、キング
海が燃えている
アリの背中にのって
雲のなかを泳ぐんだ

ノートを読んでるうちに、数時間くらいすぎたかもしれない。いつのまにかテントの中で眠ってしまったらしい。はっと目がさめると、毛布をかぶっているみたいに暑かった。空が燃《も》え盛《さか》る炎《ほのお》みたいに赤い。また兄ちゃんの夢を見ていた。いや、ただ夢を見たんじゃない。兄ちゃんが会いに来てくれたんだ。そこまではわかった。だって、通りの反対側から兄ちゃんがぼくを見てたんだから。兄ちゃんがやってきて、ぼくの手をとった。それからぼくらは海の底をいっしょに歩いた。そこはぼくらの町で、ナマズがすぐそばを泳いでいる。オークの木にぶら下がってるコケが海藻《かいそう》みたいにただよって、マグノリアの花が泡《あわ》といっしょにゆれている。兄ちやんはなにもいわずに、ただ、ぼくのちぢれ毛に手をつっこんでいる。まばたきした瞬間、ぼくらは雲の上に立って世界中の大きな光を浴びていた。きらきら輝くいろんな色が万華鏡《まんげきょう》みたいにぼくらのまわりをまわっている。上を見ると、ぼくらの町がまた見えた。ずっと遠くでさかさになってぶら下がっているけど、はるか遠くにどんどん小さくなって、最後は点になった。それからぼくらは空の青さに包《つつ》まれた。光、光、ひたすら光。

ぼくはまばたきして眠気をはらった。いま見た夢を忘れたくない、消え去る前につかまえたい。そのとき、目がさめた理由がわかった。くすぐったいと思ったら、手に小さなトンボがとまっていた。みどり色の体にダイヤモンドみたいにきらきらした羽がついている。

トンボはあっというまに消えた。どこにいったんだろう。サーッと飛んでいくのが見えたけどあんまり早くにいなくなったから、ねぼけてたのかもしれない。今のトンボはただの夢だったんだろうか。

太陽がしずんでしまう前に、やっと湿地に着いた。走って泥水《どろみず》をはねあげ、トンボたちを追い越して進んだ。サンディにぜんぶ話したくてうずうずしていた。夢のことも、トンボのことも。兄ちゃんがもどってきたんだよっていいたかった。ほんのちょっとの瞬間だったけど、話したかった。小屋につくと、ドアをいきおいよくあけた。サンディはキッチンでつかまえたものので料理でもしてると思っていた。だけどレンジの火はついてない。フライパンは空《から》のままカウンターにおかれている。ぼくは外に飛び出して、小屋の裏手にまわった。サンディは川辺にもいない。辛抱《しんぼう》づよく釣り糸に魚がかかるのを待っている姿はどこにもなかった。

振りむいてやぶを見た。「サンディ！」もしかしたら、またかくれているのかもしれない。かくれんぼでもやってふざけてるのか。「サンディ！」もう一度叫んだ。

だけど、暗がりにかくれている影はみあたらない。返事もない。ぼくはその場に立って木々をじっと見て、なにか教えてくれないかと耳をすませたけど、あたりはシーンと静まって、夜の風がそよそよと吹くだけ。セミすらも鳴いてない。

突然、この小屋にサンディとまるまる一週間かくれていたことがうそのように思えた。嵐《あらし》の前みたいな灰色の雲がもくもく広がっていく気がした。ぼくは回れ右をして走り、湿地のあちこちでサンディの名前を呼んだ。返事はない。

いちどもとまらずに走った。家までずっと走り通した。必死に走って、そのうち心臓《しんぞう》が胸をがんがんたたいて飛び出しそうになった。わき腹がけいれんをおこして、息ができない。あえぎながら、玄関を開けた。

リビングにいた母ちゃんがぼくを見て「キング？　どうしたの？」ときいてきた。

母ちゃんはぼくをソファにすわらせた。父ちゃんも走ってきた。父ちゃんがダッシュするなんて、葬式《そうしき》の朝、床にすわりこんだ母ちゃんに駆《か》けよったときしか見たことがない。父ちゃんは目をかっと見開いて、危険でもせまってるのかとあたりを見回した。でも、父ちゃんの目の前には、ソファで泣きくずれるぼくと、ぼくにコップの水を渡そうとする母ちゃんしかいない。

ぼくはコップを押しやり、息を吸い込んだ。

「サンディが……」いいだしたけど、言葉がつまってそれ以上いえない。湿地のことも、サンディが小屋にかくれていたことも。サンディの身になにかあったんじゃないかと思うと、最初にサンディがいなくなったときよりずっと不安だった。話せるようにならないうちに、母ちゃんが首をふって目をしばたたかせて、ぼくを見ながらいった。

「サンディのこと？　あの子なら大丈夫よ。見つかったから」

ぼくは口をぎゅっと閉じた。コップを受けとる手がふるえた。「見つかった？」

母ちゃんはぼくの手をとり、グラスに手を添えた。「水を飲みなさい」

「どういうこと？」ぼくはたずねた。

母ちゃんは答えない。ぼくの手からコップをとって、赤ちゃんにやるみたいにぼくの口にあてがった。ぼくはコップを押しのけて、母ちゃんを見た。まだ息ができない。だけどこの苦しさは、ずっと走ってきたからじゃない。「サンディはどこにいるの？」

母ちゃんはいかにもふきげんそうにガチャンと音をたててコップをテーブルにおいた。ぼくが気づかなくても、この音でわかるでしょ、とでもいうように。「どうしたっていうのよ、キング？」

「サンディはどこ？」何度も何度もくり返したずねた。ぼくがあきらめないとわかって、父ちやんが話してくれた。サンディは父親のもとにもどされたって。

ぼくはソファから飛びあがった。走り出しそうないきおいで。町を抜けてまっすぐにサンディのところに走っていきそうなくらいに。「サンディはあの家にいちゃいけないんだ！」

ふたりはぼくを見た。ぼくが急に大声を出したからおどろいている。母ちゃんと父ちゃんの教えでは、子どもは親に向かって叫《さけ》んじゃいけないことになっている。

母ちゃんが落ち着きなさいといった。

「母ちゃんはなんでも知ってるつもりでいるよね。おとなってだけでさ！　サンディのことをなんにも知らないくせに」

「いったいどうしたの。まず、どなるのをやめなさい。親と話してるんだから」

「ほらね。ぼくのいうことなんかちっともきいてない！　サンディの父ちゃんは、あいつは……」

母ちゃんがすっくとたちあがった。「部屋に行きなさい。今すぐよ」

ぼくは廊下《ろうか》を走って部屋にいった。窓から飛び出して、全速力でサンディの家に走っていくつもりだった。だけど、まだベッドにもたどりつかないうちにドアが開いた。

「罰《ばつ》として外出は禁止よ。学校に行く以外はこの部屋から出ちゃだめ。わかった？」

「そっちこそ、ぼくのいってること、わかってる？　サンディは父ちゃんになぐられてんだよ！」

ぼくの言葉が空気をふるわせた。それでもまだ母ちゃんがちゃんと聞いてたかどうかわからない。母ちゃんは、石みたいに立ちすくんでいる。それからやっと口をひらいていった。「どうしてそんなことを知ってるの？」

「サンディにきいたんだ」

「サンディはうそをついてるかもしれないでしょ」母ちゃんは顔をしかめていった。「問題のある子だから。家から逃げたり、それに……」

「うそなんかついてない！　あざだってある」

「あざなら、ほかのことでもできるでしょ。サンダースさんちの男の子だから、けんかしたとかじゃないの？　お兄ちゃんみたいに」

体にたまったイライラが叫び声になった。「サンディはだれともいちどもけんかしたことなんかない！」

母ちゃんが口をぴたっと閉じた。「証明《しょうめい》できなければ、あたしたちにはどうにもできないよ」

「だからって、サンディをそのままあの家にもどすの？　なにもしてやれないの？」

「サンディのお父さんは保安官なんだよ。証拠《しょうこ》がなければ責《せ》められない。本当かどうかもわからないし。あの子がうそついてるかもしれないし」

頭にきた。こんなに頭にきたことってない。腹がたちすぎて、泣きだしてとまらなくなった。

父ちゃんまでやってきて、ドアのところからぼくを見てる。かまうもんか。母ちゃんが両手をまわしてハグしてこようとしても、シーッといって落ち着かせようとしてきても、ぼくは泣きやまない。あんまり激《はげ》しく泣くもんだから、体がまっぷたつに割れたような気がする。サンディのことだけじゃない。あのトンボだ。あの夢だ。カリッド兄ちゃんだ。いつも、いつも、いつも、兄ちゃんだ。

ほっといてって叫んだら、母ちゃんは部屋から出て行った。でも父ちゃんはまだドアのところにいる。ぼくから目をはなさない。

「あのな」重く太い声で話しかけてきた。ぼくは父ちゃんを見た。「いいんだ。泣いてもいい」

父ちゃんの口からでてきた言葉はぼくを包みこんだ。

「俺《おれ》が……」父ちゃんは咳払《せきばら》いした。「俺がさんざんいってたんだよな。男の子なら泣くなって。男は泣かないもんだって」父ちゃんはまた咳払いした。その時、初めて父ちゃんの目に涙がたまっているのが見えた。父ちゃんはつばを飲みこんで、うんうんとうなずいた。なんに対してうなずいているのかわからない。父ちゃんはふーっと息を吐いた。「俺のいったことはぜんぶ忘れろ。泣きたいときは泣けばいい、な?」

父ちゃんは答えを待たずにぼくを残して、いなくなった。

だから、ぼくは思いっきり泣いた。

泣きながら眠って、寝てからも夢の中で泣いた。道ばたに立って、反対側からカリッド兄ちゃんが来るのを待った。でも、兄ちゃんは来ない。今夜は来ないんだ。トンボの羽は、ちらっとも光らなかった。

第十三章

それから三日というもの、町ではサンディ・サンダースが見つかったという話題でもちきりだった。あの子は家から逃げてたそうだ。湿地《しっち》の奥にかくれてたらしい。マーチンじいさんのザリガニ採《と》りの小屋にいたんだってさ。じいさんが昼すぎに小屋に行ったらサンダースんとこの坊主《ぼうず》がベッドに寝てたもんだから、えらくたまげたらしい。そんな話ばっかりで、ぼくはいらついた。話題にすべきなのは、なんでサンディが逃げたかってことなのに。

ぼくはジャスミンと校庭のベンチにすわった。カミーユたちからも距離《きょり》があって、ぼくたちふたりだけだ。カレシとカノジョになったからには、ふたりきりで過ごさないといけないらしい。ほかのだれとでもなく、たとえほかの人が見ていてもふたりでいなくちゃならない。手をつないで、ふつうよりくっついてすわる。ぼくは時々ジャスミンの様子をうかがった。本当にこういうのがいやじゃないのかと心配だった。ジャスミンは汗でべたつくぼくの手をにぎりしめ、肩がふれるくらい近くにすわっている。ただでさえ暑いのに、もっと暑く感じる。なのにジャスミンはにこにこしている。ずっとこうしたかったという顔をしている。

「わたし、サンディにはすっごく頭にきてる」ジャスミンがいう。「本当のことをいってくれればよかったのに。湿地に行く前に、わたしかキングの家に来ることもできたはずだよ。あんなところにかくれなくたってよかったのに。なにかあったらどうするつもりだったのかな」

まだジャスミンに本当のことをいってない。話したら、つないだ手をはなすどころか友だちでもいられなくなる。まちがいない。もっとまずいことに、心のどこかで本当のことを話してしまいたいと思っている。そうすればもう、ジャスミンのカレシにならなくていいんだ。

「ぼくたちをやっかいごとに巻きこみたくなかったんじゃないかな」そういったけど、ジャスミンはきいてない。こっちを見てもいない。ダレルが来て、チュッチュッってキスの音まねをしてからかいはじめた。カミーユに腕をこっぴどくたたかれると、「いてっ」といってやっとおとなしくなった。ジャスミンは困ってうつむいているけど、顔はにこにこしている。

「まったくダレルは子どもよね」と、ぼくにいった。

ぼくだって、前はジャスミンに子ども扱いされてた。だよね？　たぶん今も子どもだと思ってるのに、そうはいわないだけだ。カノジョになったから。

終業のベルが鳴ると同時に、ジャスミンを待たずに学校を飛びだした。ぼくの頰《ほほ》にキスしに来る前に。ここんとこ毎日、帰る前にみんなの前でキスされた。みんなからオオオオーってはやし立てられた。交差点に立って湿地に向かう道をながめる。トンボがいる場所につづく道を。

この数か月で初めて、その道をえらばなかった。心の中で兄ちゃんに「ごめん」とあやまった。いえるのはそれしかない。何度も、何度も心の中であやまった。暑い日差しを浴びながらどんどん湿地から遠ざかり、土の道を砂ぼこりを巻きあげながら急いで歩いた。「ごめん。兄ちゃんのことは、ぜったい忘れてないよ。今でもほんとに兄ちゃんに会いたいんだよ。でも、ごめん」

似たような立派な家が立ちならぶ住宅地に着いた。どの家の車も日差しを受けてキラキラ輝《かがや》いている。サンディがつらい日々をすごしてるなんてだれが想像するだろう。こんな地域に住んでるならなおさらだ。でも、本当のことなんてわからないのかもしれない。かくしておきたい人だっているだろうから。ぼくは通りをはさんでサンディの家の向かい側に立った。ぼくのうちより大きい。白塗《しろぬ》りのペンキが日にやけて色あせている。広い庭は雑草《ざっそう》だらけで、石がごろごろある。木陰《こかげ》の下に立ってサンディの家をながめ、なにかが……玄関があくとか、叫《さけ》び声《ごえ》がきこえるとか……起きるまで待った。そうしておそらく何時間もすぎた。足が痛いし、目がひりひりする。じっと見張《みは》っていたせいだ。そうやって、空の色が万華鏡《まんげきょう》のように変わっていくまで立ちつづけた。

「空が紫 色《むらさきいろ》になったぞ、キング」兄ちゃんの声を思いだした。

通りの向こう側でドアがあいて、マイキー・サンダースが出てきた。てかてかした黒いビニールのごみ袋を持っている。

マイキーは歩道まで行くと、ごみ缶のふたをあけ、もっていたビニール袋《ぶくろ》を入れた。何時間も変わらぬ光景を見つづけた後にマイキーを見たものだから、ぼくは興奮《こうふん》のあまりかくれてたことをすっかり忘れて、木陰から一歩踏《ふ》みでてしまった。ドアが開け放たれている。マイキーがぼくを見てる。ぼくもマイキーを見た。そして逃げだした。

だけどマイキーの足のほうが早くて、ぼくの前に立ちはだかった。巨岩のようなマイキーが正面にいて、一歩も前に進めない。「ここに来るんじゃねえ」マイキーがいった。「きいてるか？　ここには来るな、キングストン・ジェームズ」

これ以上、だまって聞いているつもりはなかった。ぼくはマイキーのわきをすりぬけて全速力でうちに帰った。

次の日、また同じことをするにはものすごい勇気が必要だったけど、同じ場所に行き、木陰でひたすら待った。昨日より奥まったところで、見つからないよう気をつけた。そうだ。昨日と同じミスはしない。サンディの姿がちらっとでも見られればそれでいい。だけどなにも起こらない。その日もサンディには会えなかった。次の日も。

三日目の晩、ぼくはもう待ちきれなくなっていた。日中はサンディの姿をちっとも見られなかった。無事かどうかもわからない。だれもサンディの様子をたずねようともしない。みんなはサンディが家にもどって父親といっしょにいるんだから、元気でぶじに過ごしていると思っている。湿地にいるほうが安全なのに。それを知ってるのはぼくだけだ。

ぼくは臆病者《おくびょうもの》だ。でも今は、勇気をださなくちゃいけない。本当に友だちなら、サンディを助けるべきだ。どんなにこわくても。これまでに味わったことがないほどこわくても。ぼくは大きく息を吸ってマグノリアの木陰から出た。道をわたって、ひびの入った歩道に足を踏みいれた。コンクリートの階段をばたばたあがって、気づいたら、ぼくの手がふちの欠けた木製のドアをノックしていた。

ドアがガバっと開いた。ぼくは息をのんであとずさった。サンダース保安官が目の前に立っている。まるでぼくが通りの向こうのマグノリアの木陰にいたのを知ってて、ノックするのを待ちかまえていたみたいに。ぼくは家の中を保安官のわきからのぞこうとした。だけど外が明るすぎて中が影になって見えない。もういちど首を伸《の》ばして見ようとしたら、後《うし》ろ手《で》にドアを閉められてしまった。もう家の中は見えない。

保安官は、ぼくを上から下までじろじろ見た。ぼくがだれかは知ってるはずだ。前にサンディといっしょにいるところを見てたんだから。いつだったかサンディと帰ってきたときも、まさにこの位置からぼくをにらみつけていた。あんまり目つきがおそろしくて、ぼくはすぐにサンディと話すのをやめて帰った。家に向かいながらずっと、保安官はぼくみたいな肌《はだ》の色の人間を嫌《きら》っているんだっけ、と考えたりした。

今日も保安官は、あの時と同じ目でぼくをにらんだ。この町でサンダース保安官は、だれにでも愛想《あいそ》のよい笑顔を向ける。だけど、ぼくには笑顔の裏にかくされたものが見える。保安官は、ぼくを嫌っている。ぼくがサンディと仲良くしているせいなのか、肌の色のせいなのかはわからない。きっと両方だ。

「おまえはキングストン、だな?」そうきかれた。いつかの捜索隊《そうさくたい》の時に聞いた声だ。町のみんなに息子探しに協力してくれといった時の声。あの時も今も、重々しくて低い声だ。

「キングって呼ばれてます」あまり深く考えないでそう答えた。手のひらが汗でびっしょりだ。緊張《きんちょう》が血管《けつかん》の中をドクンドクンと駆《か》けめぐっている。

「キング」保安官はいいなおした。「なんの用だ?」

いいたいことは決まっていた。「サンディに会わせてください。話をしたいんです。サンディが無事かどうか確かめたいんです」と。なのに言葉が口からでてこない。こっちを見おろす保安官の日に焼けた赤い顔から目をそらすことができない。保安官は、ぼくがしゃべる勇気をだすのを待っている。

「いい度胸《どきょう》だ」保安官がいった。まだいかにも親切そうな笑みを向けている。そのせいでかえって声が怖《こわ》くきこえる。恐怖で肌がぶるぶるふるえる。こんなに暑いのに。「度胸はあるんだな、キング。ここまできて、うちのドアをノックしたんだからな」

ぼくはすっかり声を失ってしまったみたいだ。話そうとしても、自然に喉《のど》が閉じてしまう。

「いいか、今すぐ帰れ。二度とここには来るんじゃない。未成年者《みせいねんしゃ》の家出を助けた罪で逮捕《たいほ》されて少年裁判所《さいばんしょ》に送られたくなければな」

こわくて、息ができない。

「ああ、そうだ」保安官がつづけた。「おまえたちが湿地でなにをやってたか、ぜんぶ知ってるぞ。チャールズがなにもかも話してくれたからな」

「サンディも、ぼくにいろいろ話してくれました」そういい返した。こんな勇気、ぼくのどこにあったんだろう。「サンディがどんなふうになぐられてるかも……」

最後までいえなかった。保安官がこっちに大きく一歩踏み出してきたからだ。ぼくはあとずさりして、コンクリートの階段《かいだん》からあやうく落ちそうになった。「気をつけろ」保安官は、この町の人たちがだれも見たこともないような冷たい目をぼくに向けた。ぼくがいおうとしたことを封印《ふういん》して、ぼくがかき集めた勇気に向かってツバを吐いてとどめを刺《さ》した。

保安官は満足そうに青い空を見上げた。「さあ、さっさと帰れ。おまえの親たちは今頃《いまごろ》、息子がどこに行ったかと心配してるだろうよ」

それですべてが終わった。保安官は、ぼくを玄関前の階段に残して、背中を向けてドアを閉めた。「帰れ」という言葉が脅《おど》しのように聞こえる。なにがあったか保安官が知っているなら、つまりぼくがサンディを助けたのを知っているなら、父ちゃんと母ちゃんに話さないはずがない。

窓に人影が見えた。カーテンも動いた。でも、それは幽霊《ゆうれい》みたいなものだった。次の瞬間《しゅんかん》、その影は消えてしまったのだから。

母ちゃんと父ちゃんは、ぼくの帰りを待っていた。キッチンのテーブルにすわっているふたりの様子はいつもとあまり変わらない。中に入ってドアを閉めたぼくを見る目も変わらない。ふたりはとにかくぼくを待っていた。ぼくがリビングに入ってもなにもしゃべらない。ぼくがキッチンに入って、ふたりの正面に立ってリュックを床におろしても、やっぱりなにもしゃべらない。

まず父ちゃんが口をひらいた。「さっき、電話があったぞ」

それで十分だった。だれが電話してきたか、わかってる。そいつがなにをいったかもわかってる。保安官だ。ただの脅し文句じゃなかった。

「本当なの？」母ちゃんが口をひらいた。「ずうっと、おまえはあの子がどこにいたかずうっと知ってたたって？　あの子をかくまってたって？」

こんなに恥《は》ずかしい気持ちになるとは思わなかった。羞恥心《しゅうちしん》がぼくの体をはいまわって、毛穴からもぐりこんでくる。

父ちゃんはぼくを見ないで咳払いをした。「サンダース保安官からきいたんだ」父ちゃんはまた咳払いをした。なかなかその先をいい出せないでいる。

なにをきいたのってききたかったけど、息すらまともにできないんだから、きけるわけがなかった。

母ちゃんが口を開きかけて首をふった。信じられないってふうに。やっと母ちゃんが、たっぷり十秒もかけて口をひらいたとき、ぼくの目がかすんで視界のはじっこから暗いものが入り込んできて、足もとがぐらついた。「本当なの、キング？　おまえがゲイだって」

ふたりは目の前にすわって、答えを待っている。返事をしないかぎり、ふたりともなにも話さないつもりだ。「ちがう」といったけど、声がかすれていた。言葉がうわすべりしている。かぼそすぎて自分の声とも思えない。もういちど話そうとした。おなかの中からちゃんと、もっと大きく、力を込めて、ふたりが抱《いだ》いている疑念《ぎねん》をしっかりはらえるように。ちがう、ちがう、ちがうんだといいたかった。だけど、ぼくの口からはもう、はっきりちがうとはいえなかった。

母ちゃんも父ちゃんも動かない。まばたきすらしない。母ちゃんは泣きそうなのを必死でこらえようととりつくろってふるえている。父ちゃんの顔はもっとひどい。ぽかんとして空《から》っぽに見える。父ちゃんが今、なにを考えて、どんな気持ちなのかわからない。それがいちばんいやだ。

「保安官が……」母ちゃんはすわったまま背筋をのばして、両手をぎゅっとにぎりしめていった。「サンディがゲイになったのは、おまえにうつされたんだって。おまえのせいだっていったの」

「うそだ」今度はとても静かな声がでた。自分が話してるのかどうかもわからないくらいの。母ちゃんたちの顔を見てわかったことがある。ふたりとも、保安官の言葉を信じてる。きっと、母ちゃんたちも同じような疑問を持っていたんだろう。ぼくがぼく自身に抱いていたのと同じ疑問を。おかしいったらない。ぼくも母ちゃんも父ちゃんも、全員がこんなふうに同じことを悩んで、考えていたんだ。なのに、だれも今まで口に出していおうとしなかったんだから。気づいたらぼくは泣いていた。涙がとまらない。父ちゃんはぼくに泣いてもいいっていってくれたけど、こんな状況でぼくが泣くのは見たくなかったはずだ。

ぼくはキッチンから飛びだした。母ちゃんも父ちゃんも呼びとめようとしない。追いかけてもこない。ぼくはテントに入ってジッパーをしめた。今夜はやけに涼《すず》しい。寒いといってもいいくらいで、ぶるぶるっとふるえた。こんな冷たい風はどこから来るんだ？　ぼくの体から出てるとか？　寝袋《ねぶくろ》にくるまって、両目をぎゅっと閉じた。

「カリッド兄ちゃん」ぼくは兄ちゃんを呼んだ。今夜の夢に出てきてほしかった。話を聞いてもらいたかった。兄ちゃんはここのところ夢に出てきてくれない。道路わきでぼくを見てもないし、手をとってもくれない。トンボは一匹も空を飛んでない。兄ちゃんは怒《おこ》ってる。そう、きっと怒ってるんだ。最近ぼくは、兄ちゃんのことをすっかり忘れてたんだから。しばらく湿地から遠ざかって兄ちゃんを探そうとしなかった。サンディのことばかり考えていた。

夢を見た。自分でも夢を見てるのがわかっていた。ぼくは道路わきに立って、待って、待ちつづけた。「カリッド兄ちゃん」声にならない声で兄ちゃんを呼んだ。

兄ちゃんがぼくのところに来てくれて、いつものようにニヤッと笑った。ぼくらはガラスのようになめらかな水の上にすわった。どこまでもどこまでも、ずっとはるか先まで水しかなくて、指でつついたときだけ、小さな波がたった。

「兄ちゃん、なんでトンボなんかになったの？　なんでもっとかっこいいのにしなかったんだよ？　ライオンとかヒョウとかオオカミとかさ」

兄ちゃんはプっとふき出した。ぼくはおもわず頭をひっこめた。兄ちゃんのいたずらっぽい目を見て、また頭をぽんっとたたかれると思ったからだ。だけど兄ちゃんは、頭の上に手をおいただけだった。「おれがトンボだなんて、だれがいったんだ？　キング」

ぼくが顔をしかめると、兄ちゃんは手を引っこめた。水に手をつけて、なにかをつかもうとした。なにをつかもうとしてたのか、わからない。

「おれがトンボだなんて、だれがいったんだ？」兄ちゃんがまたいった。

第十四章

今日はひとりで歩いて学校に行った。太陽が父ちゃんたちを起こさないうちに、土の道を歩いた。父ちゃんの顔を面とむかって見られない。がっかりしてるかもしれないし、怒《おこ》ってるかもしれない。昨日と同じ無表情かもしれない。考えれば考えるほど、あれは本心をかくしてるんじゃなくて父ちゃんがぼくをどう思ってるかそのものだって気がする。なにも感じなくなってる。ぼくがゲイなら父ちゃんの息子じゃないってことになるからだ。もう親子じゃないってことに。

カミーユのベンチには行かなかった。代わりに図書室に行って、サンディやジャスミンといつもすわっていた席についた。サンディがふいに姿を見せないかと期待したけど、やってこない。図書室に少しずつ笑い声や叫び声がとびかい始めると、ぼくは机《つくえ》につっぷして両腕で顔をかくし、眠れるはずないのに眠ってるふりをした。

いつのまにか、となりにブリアナがいた。背の高いブリアナは、ドアを通るときでもかがまなくちゃならないことがある。だけど透明人間《とうめいにんげん》の超能力でもあるんじゃないかと思うほど音をたてない。いきなり「おはよう」っていわれたものだから、飛びあがりそうなほどびっくりした。そんなぼくがおかしかったらしく、ブリアナは笑いながらきいてきた。

「ねえ、ほんと?」

どういう質問だよ。なんでもありじゃないか。「キングってほんとにゲイなの?」「サンディをかくまってたってほんと?」「お兄さんがトンボになったなんてほんとに信じてるの?」なんて具合に。

「ほんとってなにが?」ってきき返しながら、なにをきかれるんだろうと怖かった。

ブリアナはまだにっこりしている。「ダレルにいってくれたんでしょってこと」

数秒かかってやっとわかった。ダレルがブリアナにカノジョになってくれって告白したんだ。

「ありがとう。ダレルが好きだっていうと、たいてい笑われるのに」

ぼくは肩をすくめた。悪いけど、もう話はほとんどきく気がしなかった。頭の中でいろんなことがぐるぐる渦巻《うずま》いていた。もしかしたら、考えてることが耳の穴からもれていたかもしれない。いろんな考えや疑問や恐怖が。「あたしたち、自分らしくしてようって決めたの。だれがだれを好きだっていい。人に笑われたって気にしないって」

賛成してくれるよねっていきおいでブリアナは何度もうなずいている。まだにこにこ顔でぼくを見ている。ほかにもなにか話があるみたいだから、ぼくは待った。正直いって少しいらいらしたけど。今はひとりになりたかったから。

「サンディはどうしてる？」ってきかれた。

まだ笑顔のままだ。ふいに晴れわたった空のようにはっきりとわかった。考えや気持ちを伝えたことのない人たちのなかで、よりによってブリアナは知ってるんだ。みんなわかったうえで、にこにこしてぼくを見ている。

「なんでぼくが知ってることになるんだよ？」きつめにいったらブリアナはちょっとひるんだ。

「だって、サンディとは友だちでしょ。いつもいっしょにいたし」

「前は友だちだったけどね」

「サンディをかくまってたんでしょ？」

どきっとした。「えっ？」

「カミーユがそういってたよ。カミーユはロニーからきいたんだって。ロニーはザックから。ザックはサンディのお兄ちゃんのマイキーからきいたみたい。サンディがキングに助けてもらって湿地でかくれてたってことを。カミーユはほかにも……」ブリアナがふいに口をつぐんだ。

保安官がぼくの母ちゃんと父ちゃんにいったことも知ってるんだろう。マイキーなら、あっさりいいふらすだろうから。

両手がふるえてしょうがないから、ぎゅっとにぎって机《つくえ》と膝《ひざ》のあいだにおさめた。なんていっていいかわからない。ぼくの顔を見て、ブリアナの笑顔がだんだん消えていった。

「大丈夫？　キング」

「みんな知っているのかな？　ダレルとか？」少し間をおいていった。「ジャスミンとか？」

ブリアナはゆっくりうなずきながら眉《まゆ》をひそめている。「みんなに知られたらだめなの？」

ぼくはもう、リュックを担《かつ》いでいた。どうするつもりか自分でもわからない。どこに行くのかも。一日中どこかにかくれていたいのか、ジャスミンやみんなのところに行って誤解をときたいのか。だけど、なんていったらいいんだ？　ちがうんだ。ぼくはサンディがかわいそうに思っただけなんだって否定するのか。そんなの、うそがばれるだけだ。

「前にあなたがあたしにいったこと覚えてるでしょ」ブリアナのささやき声がきこえる。「だれに笑われたってかまわないって。ね？」

言うは易《やす》く行《おこな》うは難《かた》しって、このことだ。ブリアナがまたなにかいうまえに、ぼくは図書室を出た。


始業ベルが鳴るまで時間がある。走ってホールの外に飛びだすと、校庭の奥でカミーユのベンチにみんながたむろしているのが見えた。ジャスミンはこっちに背を向けてすわっている。アンソニーは代数入門の教科書に見入っている。カミーユはダレルに向かって叫んでいる。ダレルは大声で笑っている。廊下のほうを振りかえると、ブリアナがぼくを追いかけてきていた。

ぼくは早歩きでベンチに向かった。行ってなにをするのか、なにをいうのかもわからないまま。

カミーユが最初にぼくがベンチにやってくるのに気づいて、ぱっと笑顔になった。でも、目の中にいじわるな輝《かがや》きも見える。ジャスミンとダレルも振りむいてこっちを見てる。アンソニーは教科書から目をあげ、気をつけろよというふうにそっと首を振っている。

「あらら、見て」カミーユが声をあげた。カミーユが腰に手をあてて声をあげた。「うそつきさんが来たよ」

ダレルが腕組みをした。ジャスミンはぼくに背中を向けた。ぼくの吐く息がふるえた。

ブリアナが追いついてきた。「カミーユ、そんな言い方、ひどいよ」

カミーユは眉をきっとあげてブリアナを見た。

「ひどいっていったの！　秘密にしてたのには理由があるかもしれないんだよ」

「理由なんて関係ないよ」カミーユがいう。「キングはサンディの居場所をずっと知ってたんだよ。町中の人がサンディを探してたっていうのにさ！」カミーユはもう、作り笑いをやめてジャスミンのほうを手で示した。「ジャスミンは本気で心配してた。サンディになにかあったんじゃないかってね！　わかってるくせに！」

そう、最悪なのは、ぼくがジャスミンの心配を知ってたってことだ。声をしぼりだしてあやまろうとしたけど、みんながいる前で、こっちに背中を向けているジャスミンにあやまるのはちがうと思った。

ブリアナはまだいいはる。「でもさ、サンディに口止めされてたのかもしれないし」

「だとしたら、なんでだよ？」ダレルの声が大きくなる。いいたいことはわかる。みんながだまってるのも、ダレルがなにをいいたいかわかってるからだ。カミーユはマイキー・サンダースからきいたことをもうみんなに話したんだろうか？「変じゃないか。だろ？」ダレルがみんなを味方につけようとするみたいに見まわした。「あいつがゲイで、おまえが突然あいつの親友になった？湿地にかくれさせた？」

ぼくは首を横に振り、カラカラの喉《のど》でつばを飲み込んでなんとか息をしようとした。「だまれ、ダレル」

それしかいえない。これじゃなんの説明にもなってない。ブリアナさえなにもいえないでいる。アンソニーは顔をしかめている。ぼくに同情してるのか、反感からなのか。カミーユとダレルはずっとこちらを見てて、ぼくがつづきをいうのを待っている。ぼくが説明するのを。みんなにうそをついた理由を。

なにもいえないでいたら、ジャスミンがベンチからすっと立ち上がり、ぼくのわきを通りすぎた。こちらを見ようともしない。だまったままだ。追いかけようとしたけど、カミーユが行く手をさえぎった。

「ひとりにしてあげなよ」ぼくはカミーユ越しにジャスミンを見た。急ぎ足で歩いていく。

「うそつきのキングストン・ジェームズ。ジャスミンは、あんたみたいなカレシなんかいらないってさ」

「それくらいにしとけよ、カミーユ」アンソニーがいった。「いいたいことは全部いっただろ。キングをほっといてやれよ」

カミーユはがばっとアンソニーのほうを見た。「なんでキングの味方すんの？　ブリアナ、あんたもだよ！」今度はブリアナにもくってかかった。

「うそをついたのはキングが悪いよ」ブリアナがいう。「でもあたしたち、事情を知ってるわけじゃないし、理由も知らない。キングにだっていい分があると思うんだ」

みんながぼくを見た。アンソニーもだ。こんどこそちゃんと説明してくれって顔だ。サンディをかくまったいきさつとか、すべてを秘密にしたわけとか。だけど言葉のかわりに熱い涙《なみだ》がこみあげてきて喉《のど》がつまった。ここでは泣けない。みんなの前ではだめだ。だから、だまってすぐさまその場を立ち去った。校庭をつっきって走り、校舎の中に入った。ベルが鳴って、まわりは一時限目の教室にいこうとする生徒でいっぱいだ。大急ぎでそれぞれの教室に入っていく。ぼくひとりがとりのこされた。二回目のベルが鳴った。早くしないと代数入門の授業に遅刻してしまう。だけど、席について先生の話をきく気になれない。トイレに行って、気分がよくなるまで個室にこもっていようと思った。でも歩きださないうちに、うしろから声をかけられた。

「本当のことといって、キング」

振りむくと、ジャスミンがロッカーわきに立っている。リュックのストラップをぎゅっとにぎって。さっきは目を合わせようとしなかったけど、今はしっかりぼくを見ている。まっすぐな視線だ。眉間《みけん》にしわをよせて、ぼくのすべてを確かめようとするみたいに。

「本当のことをいってほしいの」ジャスミンはまたいった。

まわりにはだれもいない。ぼくたちふたりだけだ。ジャスミンはずっとぼくの親友だった。サンディもだ。だろう？　このふたりになら、なんでも話せるはずだ。サンディにはぼくの秘密をうちあけた。でも、ジャスミンにはまだだ。

「本当に、サンディの居場所を初めから知ってたの？」

ぼくはうなずいた。スニーカーに目を落としたままだけど。

「そして、サンディをかくまってたのね？」

ぼくはまたうなずいた。今度はもごもごと答えた。「助けてくれって頼まれたんだ」

ジャスミンは反応しない。まだぼくを見ている。はっきりこっちを見てるのに、ぼくは目を合わせられない。「それとね……」またきかれた。「キングは、ゲイなの？」

ふるえるようなため息がもれた。膝《ひざ》もがくがくしてる。なんとか歩みよって「ジャスミン……」と声をかけた。

「いいから、ほんとのことをいってよ！」ジャスミンが大声でいう。ほとんど叫《さけ》び声《ごえ》だ。どこかの教室のドアがガラっとあいて、おおごとになるんじゃないかとはらはらした。

ぼくは首を横にふった。「わからない」

「どういうことよ、わからないって？」

まちがったことをいうのがこわい。「わからないんだ」

「わたしにまでうそをつくのね！」

ぼくは目を閉じた。ぎゅっと。あんまり強くつぶったから、まぶたの裏が真っ赤に見えて、いろんな色がちかちかしている。「サンディから男の子が好きだってきいたとき、ぼくもそうかもしれないっていったんだ」

ぼくはまだ目を閉じている。ジャスミンがどんな顔でぼくを見てるのか、こわくてあけられない。ずっとつぶったままでいたから、ジャスミンがぼくをおいて行ってしまったのかどうかもわからなかった。

ジャスミンの声がする。「わたしのことは好き？」

ついにぼくは目をあけた。まばたきしても、さっきちかちか見えてた色が廊下《ろうか》の明かりの下でまだ浮遊している。「ジャスミンはぼくの親友だ」

「それは、わたしを好きってこと？」

声にだして答えられない。ぼくは首を左右に一回ふった。二度目に首をふらないうちに、ジャスミンはぼくに背中を向けて廊下をずんずん歩いていった。ぼくはとり残された。あたりを浮遊していた色はもう薄くなっている。

湿地《しっち》付近はいつもと変わってない。ぼくが来る前からこうだったんだろうし、ぼくがしばらく来なかったあいだも変わらなかった。小さな楽園。小さなパラダイス。だけどここはぼくのパラダイスじゃない。ぼくの楽園でもない。トンボたちのものだ。

兄ちゃんはトンボじゃない。それは、踏《ふ》みしめているかたい地面と同じくらい、しっかりした真実だ。兄ちゃんはトンボじゃない。いちどもトンボになんかなってない。最初に皮膚《ひふ》を脱《ぬ》ぎすてたとき、どこかに行ってしまったんだ。この世界からはなれて、ぼくからもはなれていった。兄ちゃんはトンボじゃない。

そんなの、とっくにわかっていた。だけど、兄ちゃんはともかくトンボなんだと自分にいいきかせていた。自分にうそをついていたんだ。そうすることでいつか兄ちゃんがぼくのところにもどってくると思おうとした。でも、兄ちゃんはもどってこない。もうどこにもいないんだ。それがなによりもつらい真実だ。その真実がぼくの体の中で振動《しんどう》を起こす。あばら骨をゆらして、ぼくをばらばらにして、細《こま》かなちりにする。兄ちゃんはもういないんだ。

ぼくは自分ひとりの世界にしずみこんだ。胃がきりきり痛む。痛みがぼくを引《ひ》き裂《さ》く。こんな痛みは今まで感じたことがない。体じゅうの骨が折れるような痛みだ。だれかがぼくの心臓《しんぞう》を手でにぎって、ぎゅっとしぼるような痛みだ。

ただ兄ちゃんに会いたい。もどってきてほしい。それだけが望みだ。

トンボに向かっていくら叫んでも、トンボはぼくのことなんか気にかけない。小さな楽園をすばやくヒュンヒュン飛んでいる。トンボは自分が生きてるってわかってんのかな？　死ぬときだって、気づきもしないんじゃないかな？

第十五章

父ちゃんがローストチキンとポテトを皿によそった。ぼくはお腹がすいてなくて、食べ物を皿の上でつっついていた。いつもなら母ちゃんが「はやく食べなさい」っていうところだけど、今夜はだれもひとことも話さない。この家はここ数か月、静けさにすっぽり包《つつ》まれてきた。でも今夜の静けさは、今までのとはちがう。みんなが別々の世界にとらわれてはいないし、別々の考えにふけってもいない。今夜、ぼくも母ちゃんも父ちゃんも、考えてることは同じだ。ぼくのこと、ぼくがやらかしたこと、そしてぼくがゲイかもしれないってことだ。

母ちゃんと父ちゃんはぼくが夕食の席をたってもなにもいわなかった。自分の部屋に行く途中、ふたりのひそひそ声が耳に入った。すごく低い声だから内容まではわからなかったけど、どうせ話してるのはぼくのことだろうから、聞きたくない。部屋の窓から外にでて、テントに直行した。

ジッパーをあけるとき、サンディを見つけたあの晩のことを思い出した。ほんの二週間くらい前だ。あの時サンディがここに来なかったら、きっと状況はなにもかもちがっていただろう。寝袋《ねぶくろ》にはいると、なにかがカサっと手にあたって、がばっと起きあがった。虫かと思ったら小さなメモだ。走り書きみたいな字でこう書いてある。

「今夜、学校の前で会おう。　サンディ」

考えるより先に走りだした。次の通りへ、また次の通りへと息つく間もなく走った。もうだいぶ遅い時間だ。満月があんなに高く空を照らしている。サンディがいなかったらどうしよう？　あのメモ、何日も前からあったのかな？　気づくのが遅すぎた？

最後の通りにさしかかって学校の前にでた。オレンジ色の街灯《がいとう》が光っている。どうかぼくを待つ人影がありますように。でも、だれもいない。ぜいぜい息をしながら校庭の前で立ちどまった。いつも父ちゃんのトラックからおりるところだ。

「キング！」

振りかえると、ベンチからサンディが立ち上がった。

なにも考えずに、かけよって両腕でだきしめた。「無事だったのか！」体をはなして、またどこか痛めつけられてないかおそるおそる確かめた。今は大丈夫そうだ。

サンディの姿を見て、ぼくは笑顔になれた。「ずっと学校に来てないよな」そうサンディにいった。

「父ちゃんが家から出してくれねえんだ。部屋に閉じ込められてる」

「えっ？」

「いちにちに一回だけ食事とトイレのために部屋から出してもらえる。今は窓の鍵《かぎ》をくすねて抜け出してきたけど、いないのがばれたら殺される」

「まさか！」

「父ちゃんならやりかねない。キング、おれ、この町から逃げるよ。二度ともどらないつもりだ」

「どういうこと？」

「家を出る。ニューオーリンズに行く。マルディグラの人ごみにまぎれれば見つからない。あれだけたくさん人が集まるんだからさ。マルディグラが終わらないうちにルイジアナを出る」

「本気か？」

「この町にはもういられねえ。父ちゃんから逃げなきゃ」

「だけど、どこに住むんだよ？」ぼくの声がだんだん大きくなる。「食べ物とか服とか、どうすんだよ」

「なんとかするよ、キング」そういってサンディは腕組みをした。どうやらまだ話がありそうだ。「キングもいっしょに来てくれ」

「えっ？」

「ここにいたら、おまえらしくいられねえだろ！　みんなから嫌《きら》われるだろ。ゲイってだけでさ」

「ここには、ぼくを愛してくれる人もいるよ」静かにそういった。サンディとぼく自身にいいきかせるように。

サンディがゆっくりうなずく。「おれにいわせりゃ、おまえを愛してる人たちこそ、いちばん傷つける人たちだけどな」

そういわれて、ベッドにすわって兄ちゃんを見ていた夜を思い出した。兄ちゃんはぼくのとなりで、背中を向けて寝てた。**ほかの人から、おまえもゲイだって思われたくないだろ？**　という兄ちゃんの声がよみがえる。

ぼくは傷ついた。兄ちゃんにそんなつもりはなかったかもしれない。ぼくの味方になろうとしただけかもしれない。でも兄ちゃんはぼくを傷つけた。ほかのだれよりもひどく。ぼくらしくいることは恥《は》ずかしいってことか？　そう考えると、罪《つみ》の意識が燃えひろがった。いくら腹を立てても、もう兄ちゃんのいい訳《わけ》もきけない。ちゃんとわけも教えてもらえない。あやまってもらおうにも、そんなチャンスがない。

「すっごく会いたい人なのに、同時にすっごく腹が立つってこと、あるか？」サンディにきいた。

サンディはすぐさま、あるあるってうなずいた。「おれ、母ちゃんにずっと腹を立ててる。

なのに会いたくてたまらねえ」

ぼくはベンチに腰かけた。「ぼく、行けないよ」

「いっしょに湿地ですごした何日かは、おれにとって人生最高の毎日だったよ」

ぼくにとってもそうだった。本当にそうだったけど声に出していえない。「父ちゃんはおれを理解してくれない。兄ちゃんもかばってくれない」サンディはちょっとだまってから、またいった。「おまえの母ちゃんと父ちゃんは、理解してくれてるか？」

今晩の夕食の時のことを思い出した。沈黙《ちんもく》で息がつまりそうだった。「ふたりとも、ぼくにゲイのことはきいてこない」

サンディが前のめりになる。「ニューヨークなら、行き場のないゲイを受け入れてくれる施《し》設《せつ》がある。おれたち、そこにおいてもらえる」

「どうやってニューヨークまで行くんだ？」

「ふたりでなんとかするんだよ、キング。ふたりなら、どんなことでもなんとかなる」

ぼくは首を横にふった。だけど、この町から逃げると考えただけで熱いものがこみあげてくる。母ちゃんと父ちゃんから向けられるがっかりして恥ずかしいという表情。カミーユやダレルやジャスミンの怒《いか》り。ぼくを見つめるジャスミンの目。そんなものから逃げられる。ジャスミンは裏切られたと思うだろう。ぼくがついたすべてのうそがガラガラとくずれていく。

「もう行かねえと」サンディが小声でいって立ちあがった。「部屋にいないのが父ちゃんにばれたらまずい。こんどの火曜日にまた鍵を盗《ぬす》むつもりだ。で、ニューオーリンズ行きのバスに乗る。あっちで待ってるよ。川岸にある大聖堂《だいせいどう》の前だ。場所はわかるだろ?」

「セント・ルイス大聖堂のことか?」

サンディがうなずく。「そこで待ってるよ、キング。だけど、そんなに長くは待てねえぞ。一日だけ待ったら、おまえが来なくてもおれは出発する」

わかった、とうなずいた。いつのまにかサンディは歩きだしている。だけど、ふと思いついたように振りむいてぼくの顔をじっと見た。「いろいろありがとな、キング」

ぼくのほうこそありがとうっていいたかった。でも、口をひらかないうちにサンディの姿は消えていた。

第十六章

「ひとりぼっちのふりをするのは、簡単だ」カリッド兄ちゃんがいった。今の兄ちゃんは目をさましている。窓の外を見あげ、濃紺の空に散らばっている星を見ている。なかなか眠れないんだっていいながら。がっかりだけど仕方ない。本当は、兄ちゃんだけが夢で見ている宇宙の話を聞きたかった。

「ねえ、兄ちゃんはいつも寝言をいってるけど、気づいてる？」

兄ちゃんは、いつもの笑顔をこっちに向けた。「おれ、どんなことしゃべってるんだ？」

ぼくは肩をすくめた。むずかしくて説明できないし、頭のどこかで説明なんかしたくないと思っている。ぼくと、眠っている兄ちゃんだけの秘密だからだ。だけど起きてる兄ちゃんは、しきりにきいてくる。仕方ないから、兄ちゃんがときどき夢で見ている秘密の宇宙のことを話した。兄ちゃんは笑った。「すっげえ奇妙な夢だな」そういって、また窓の外を見た。

兄ちゃんは話すのをやめた。まだ眠ってなくて、ただ空を見つめているだけだと思うけど。ぼくはノートをとりだして、今の会話を残らず書いた。なんでかわからない。たぶん、忘れたくなかったんだと思う。

母ちゃんがマルディグラのことを話さなくなったから、気が変わって行かないことにしたのかと心配になってきた。だけど週末になると、来週のために荷造りをしなさいといわれた。マルディグラのあいだは、イドリスおばさんの家に泊まることになっている。ぼくが行きたくないってごねなかったから、母ちゃんは拍子抜けしたみたいだ。ぼくはTシャツを何枚も引き出しからとりだした。

母ちゃんはぼくの部屋の戸口によりかかって、腕組みをしてにっこりしている。「行く気になった？」

ううう。母ちゃんがぼくと話をしようとしている。三日前に保安官からの電話を受けてから、はじめてのことだ。もうぼくと話をする気がないと思っていた。

母ちゃんは部屋に入ってきてベッドの隅《すみ》に腰かけ、ぼくが床にあぐらをかいて荷物を詰めるのを見ていた。ゆっくり話しはじめる。「キング、あたし、いろいろ考えたんだよ」

なにを考えてたかなんて知りたくない。ぼくはせっせとTシャツをたたんでいた。

「多すぎるんじゃないの」母ちゃんが笑いながらいった。「何日分もっていくつもり？」

本当の答えは「永久分」だ。だけど、あまり多くもっていくと怪しまれるかもしれない。何枚か引きだしにもどした。

母ちゃんがため息をつく。「あたしね、おどろいたんだよ……その、おまえがゲイかもしれないってきいて」母ちゃんは待った。待って、待って、ぼくがなんていうか探っている。認めるのか、否定するのか。だけどぼくがだまってるから、しゃべりつづけた。「そっとしておこうって決めたの。おまえが話したくなった時に話してくれればいいと思って。だけど、それでよかったのかどうかわからなくて」

ぼくは母ちゃんをちらっと見た。「ぼくから話せってこと？」

「無理に話をさせようなんて思ってないし、あれこれ聞いてこわい思いをさせたくないの。話せるときが来たら話してくれればいいから」

ぼくはとまどった。「父ちゃんは？」

母ちゃんは目をそらして、服のしわをのばしている。「お父さんには、少し時間が必要かもしれないね」母ちゃんはうなずきながら、ゆっくりいった。「わかってくれる？」

わからない。ゆうべサンディにいわれたことを考えた。愛してくれる人たちがいちばんぼくを傷つけるって。引きだしをガタンと音をたてて閉めた。

「キング、話したくないならそれでもいいから」本心だと思う。「だけどね、だれかしらとは話したほうがいいんじゃないかって」

母ちゃんが次の言葉を口にする前に、ぼくは立ちあがった。「セラピストには会わないからね！」

母ちゃんがびっくりしてのけぞった。「そんな大きな声を出さないでよ」

体の中で怒《いか》りが爆発して、考えるより先に言葉をまき散らしていた。「なんで母ちゃんに話さなきゃならないの？　ぼくの話なんか聞いてくれたことないくせに」

返事も待たずに部屋を走りでた。それからの母ちゃんは、父ちゃんがつくったサラダをもっと食べるか、とか、テレビを消してもう寝なさい、とか、おばさんちに出発する前に荷づくりを終えとくんだよ、とかいってきたけど、出発までの五日の間、ぼくに対してなにもいわなかった。

ニューオーリンズに向かう父ちゃんのトラックの中は、最悪の静けさに包《つつ》まれていた。シーンとした時間がつづいて、母ちゃんや父ちゃんが思ってそうなことを想像しながら時間をやりすごした。

母ちゃん：キング、もうおまえって子がわからないよ。おまえがいったことも、やったことも絶対に許《ゆる》さないからね。

父ちゃん：キング、ゲイは俺《おれ》の息子じゃない。

ルイジアナまで車で三時間かかる。明け方の雨で黒光りする舗装道路《ほそうどうろ》、道路わきにあるくずれかかったビル、にごった泥水《どろみず》につかった原っぱ、あたりにそびえたつ木々。そのうち反対車線を車が猛《もう》スピードで走って来るようになったけど、人の気配はぜんぜんない。いつのまにか眠ってしまい、バトンルージュを過ぎたころにクラクションの音で一瞬《いっしゅん》目がさめた。

次に目をあけたときは、太陽が真上で黄色くぎらぎら輝《かがや》いていた。父ちゃんが、小石が敷《し》かれた道路わきにトラックが停《と》められそうな場所を見つけた。ピンクやらブルーやらグリーンやら、いろんな色のさびたバルコニー付きのテラスハウスが一列に並んでいる。イドリスおばさんがバルコニーのひとつに立って、高いところからぼくらに手をふった。おばさんちのバルコニーには茂った葉や鮮《あざ》やかな赤い花があふれている。

ぼくは自分のバッグを肩にかついだ。父ちゃんは自分のと母ちゃんのスーツケースをころがして、車が通りすぎるのを待って道をわたった。おばさんはもう一階の玄関先まで迎えに来てて、なにもいわずに父ちゃんに腕をまわしてハグをした。母ちゃんやぼくにも。おばさんの体は、ミントとレモングラスのハーブティーの香りがした。

「さあさあ入って。いつまでも日の当たるところにいないで」ぼくらはおばさんについて、外よりもっと暑い廊下《ろうか》をすすんだ。木の床は傷だらけで、壁紙《かべがみ》にはシミがついている。廊下は狭《せま》くて、コートかけや植木がごちゃごちゃおかれてて、ドアのそばに靴《くつ》が散らばっていた。みんなで狭い階段を、息を切らしながら汗だくになって二階にあがると、そこがおばさんちのリビングだ。窓が大きく開け放たれ、日の光がさんさんとふりそそいでいる。小さなボウルにバナナやモモやキウイが入ってるけど、暑さで腐《くさ》りかけてるのかコバエが飛んでいる。ソファはよれよれで、去年見つけた虫くいもそのままだ。だけど、そんなのどうでもいい。ぼくはおばさんの家が大好きだ。母ちゃんや父ちゃんと住んでいる今の家が墓場《はかば》なら、ここは教会だ。活気と愛と、神への感謝があふれている。

母ちゃんと父ちゃんは、いつも使わせてもらう寝室のほうに行った。ぼくはおばさんといっしょに、もうひとつある狭くて小さな階段《かいだん》から屋根裏に向かった。屋根裏には、いつも兄ちゃんと寝てたベッドがある。胸にぽっかりあいた穴が広がっていく。兄ちゃんとふたりですごした場所に来るといつもこうなる。おばさんは、人の気持ちをすぐに察《さっ》してくれる人だ。言葉なんかいらない。最後の段を上がるとき、おばさんはぼくの肩にそっと手をおいた。

部屋の様子が前とちがう。ベッドに新しい青いカバーがかかってて、窓にかかっている白いうすいカーテンも新しい。ベッドわきにも新しいテーブルがあって、兄ちゃんの写真がおいてある。見なくてすむように、伏せてしまいたい。おばさんが足をひきずってテーブルに行き、写真を手にとった。

「いい顔してる、そう思わない？」にっこりしながら、ぼくにきいた。

いい顔してたって訂正したい。

「ああ、気にしないでいいよ」おばさんは察したみたいで、写真をテーブルに伏せた。「この世の魂《たましい》はね……そんなに長くは死んだままではいないんだよ」

どういう意味かきこうと思ったときにはもう、おばさんはまた足をひきずってぼくのわきを通り過ぎ、ドアから出ていった。

下の階から聞こえるジャズの騒音《そうおん》で目がさめた。空はもう暗くなってるから、どうやら一日中寝ちゃったようだ。チキンやエビや青野菜の匂《にお》いが、キッチンから一階の部屋中をぬけてただよってくる。

明日は火曜日だ。大聖堂《だいせいどう》の前でサンディと会うことになっている。そう考えただけで、胸がざわつく。本当にぼくたちは、いっしょに逃げようとしてるんだろうか？　母ちゃんと父ちゃんはぼくのことを理解してくれないけど、二度と会わなくてもいい覚悟なんてぼくにあるんだろうか？

カバーをはぎとって、ゆっくりキッチンに向かった。ますます夕食の匂いが強くなってくる。下の階から笑い声が聞こえてきた。ずいぶん長いことうちの親があんなふうに笑うのを聞いてない。だけど、笑い声がぴたっととまった。ぼくは壁に背をあてて最後の数段をそーっとおりた。母ちゃんの声が聞こえる。

「あの子と、どう話をしたらいいか、もうわからなくて」ついさっきは笑ってたのに。今は泣いてるみたいだ。

「無理に話す必要はないかもしれないよ」イドリスおばさんがいっている。「あの子に必要なのは、なによりあんたに話を聞いてもらうことだよ。なんていうか、おとなは子どもたちを軽く見すぎてやしないかね。つい忘れてしまうけど、あたしたちだって子どものころはおとなたちが思うよりずっと物事がわかってただろ。それに、キングは賢《かしこ》い子だよ」

母ちゃんはふっと笑った。「賢すぎるの、ときどきね。最近じゃあ、盾《たて》ついてばかりで。声を荒らげたりして。すっかり変わってしまった。今は怒りを抱えてる」

「時間が必要なんだよ。悲しみにはいろいろな形があるし、生きてるあいだはずっと心に残るもんだからね。そう思わない？」

ぼくは壁にもたれてふたりの会話を聞いていた。ぼくのいないところで大人たちにうわさされるのは嫌《きら》いだけど、おばさんの言葉には愛情がこもっていて、もっと話を聞いていたいくらいだ。

「辛抱《しんぼう》おしよ」おばさんがいった。「あの子のことも辛抱しておやり。耳をかたむけていれば、どうしてほしいかそのうち話してくれるから」

ガチャガチャと鍋《なべ》やフライパンの音がして、夕食の皿が並べられる気配がした。母ちゃんは鼻をかんで、大声でぼくの名前を呼んだ。ぼくはそっと数段あがってから、わざと大きな音をたてて駆けおりた。キッチンに行くと、母ちゃんが丸テーブルの上を整えている。イドリスおばさんはキッチンにいて、父ちゃんがレンジで鍋をかき混ぜている。母ちゃんも父ちゃんも、おばさんがぼくにちょっとほほえみかけたのに気づいてない。ぼくが階段のところでずっと話を聞いてたのを知ってるみたいな顔をしていた。

食事の支度《したく》ができると、みんなで席についてお祈《いの》りをした。おばさんは、兄ちゃんにいくつか祈りの言葉をささげた。思い出じゃなくて、兄ちゃんに向ける言葉だ。家族みんながまたカリッドに会えるまで、善良な神さまが面倒を見て下さるよ。みんなカリッドを愛してる、会えなくて寂《さび》しい、そんなに長いこといっしょにいられなかったけど、あたしらの人生はおまえがいてくれて幸せだったよ、って。みんなでアーメンと声をそろえたとき、母ちゃんは涙《なみだ》をぬぐっていた。

「キング、いちばんの楽しみはなんだい？」おばさんにきかれた。明日のパレードのことかなとぼくは思った。

「コスチュームかな」そういってから、もう少し考えて、つけ足した。「それと、食べ物」

ぼくの答えに母ちゃんが笑った。父ちゃんはなんの反応も示さない。こっちを見ようともしない。さっき、ぼくが目をさます前に父ちゃんもぼくのことでイドリスおばさんと話をしてたんだろうか。ゲイじゃなくするにはどうするかとか、きいてたかもしれない。

「祭りはいつだっておいしいものを食べる絶好のチャンスだよね」おばさんはそういって、ぼくの皿にたっぷりのチキンシチューとサラダをのせた。「レジー」おばさんが父ちゃんを呼んだ。「キングをつれて先に祭りを見に行ったらどうだい。パレードが始まる前に、よく見える場所をキングに探させてやりなよ」

父ちゃんはぶつぶついって、口のなかのものをかみながら椅子《いす》によりかかった。重さで椅子がきしんだ。父ちゃんがこれほどぼくを傷つけるなんて思ってなかった。こんなひどいことができるなんて。父ちゃんから目をそらされるたびに――ぼくを見もしないでぶつぶついうたびに、ぼくの体にピキッと裂け目《さめ》がはいる。父ちゃんがこのまま裂け目を入れつづければ、しまいにぼくは粉々になってしまう。

うちの夕食はたいてい静かだけど、イドリスおばさんは空気を読んでだまってるなんてことはしない。母ちゃんと父ちゃんが子どもだったころのことや、ふたりが高校でどう知り合って、どう恋に落ちたかをぺらぺらしゃべっていた。「このふたりは恋人同士だったんだよ」おばさんがぼくにいった。思い出話に父ちゃんまで笑顔になった。思い出はそれだけで終わらず、ふたりのあいだに最初に生まれた息子の話もした。産気づいた母ちゃんは病院に着かないうちに、道路の真ん中に停めた車内で兄ちゃんを産んだそうだ。

「カリッドは、だれにもとめられないって感じでこの世に生まれてきたんだよ。あんなに、もっと生きようとした人間はカリッド以外にいないね。そして実際、よく生きた。精いっぱい、思いっきり生きた。いつのまにか人生をやりすごしてしまう人はたくさんいるけど、カリッドは、この世に生まれたのは幸運なことだとよくわかってた。だから生きてる時間を一瞬たりともむだにしなかった。それについては、だれも反論《はんろん》できないね」

そのとおりだ。ぼくらはだれも反論できない。

食事が終わると、母ちゃんと父ちゃんは二階にあがって翌日に備えて早く寝た。おばさんは、片付けを手伝ってくれないかとぼくに声をかけた。大きな鍋やフライパンをおばさんが洗って、ぼくがそれをふきんで拭いてカウンターにおく。おばさんはぼくを無理にしゃべらせようとしないし、たいていのおとなとはちがってなにが悪かったかなんていわせたりもしない。レコードプレイヤーから流れてくるジャズにあわせて、ハミングしているだけだ。

「イドリスおばさん」ぼくが声をかけると、おばさんはいつもの笑顔でぼくを見た。

「なんだい、キング？」

「さっきいってたのは、どんな意味？　ほら、魂がどうとかってさ？」

「ああ」返事が笑い声にきこえる。おばさんは体を折りまげて鍋をしまい、うーんとうなりながら体を起こした。「この膝《ひざ》はどうやら、すわれって命令してるようだね。やれやれ。ほら、あんたは皿を洗っておくれ。あたしはちょっとすわらせてもらうよ」

いわれたとおり、食器を洗剤で洗ったりこすったりしながら、おばさんがなにかいうのを待った。もういちどさっきの質問をしたほうがいいのかと思ってたら、おばさんが先に口を開いた。

「おじいさんの話をしたことはあったっけ？」

聞いたことある。エリスじいちゃんは、つまりおばさんのお父さんは、洪水のあった次の日の朝、眠るように亡くなったって。ニューオーリンズ一帯に上陸したハリケーン・カトリーナ

にょりも強い」

が起こした洪水だ。「あたしは父さんにとても会いたくてね。今もそう。会いたい気持ちはなくならないの?」おばさんにたずねた。

「その気持ちはなくならないの?」おばさんにたずねた。

「父さんに会いたいって気持ち?」おばさんは首を横にふった。「少しは弱まるけどなくなりはしない。前みたいに毎日のように会いたいとは思わないけどね。父さんに電話できたらなあって思ったりするよ。何年もたってはいるけど、今でもおもしろいことを思いつくと、受話器をとって父さんにその話をしたくなる。忘れちゃわないうちにね」

ぼくはごしごし、ごしごし、ごしごしと皿を洗った。

「だけど会いたい気持ちは、時間がたつにつれて変化して思い出になるんだよ。生きてたころに父さんがやらかしたことを思い出して笑えるようになる。もうここにはいないから、いっしょには笑えないけどね」

「おじいさんは、えっと……どこかにいると思う?」

「ああ、いるよ」おばさんがつづける。「うん、そう、いる。夢で会いにきてくれるんだよ。たいていはなんにもいわないで、ただにこにこしてあたしを見てる。一晩中話しかけてることもある。なんの話か覚えてないこともあるし、思い出話のこともある。あたしが小さくて、おまえの父ちゃんも小さかったころのね。父さんはなんでもよーく覚えていた。この世の魂はね……」おばさんはさっきと同じことをいった。「魂は、ずっと死んだままじゃないんだよ」

最後の鍋を洗って二階に行き、ベッドにもぐりこむまで、おばさんの言葉がぼくの頭の中でこだましていた。おばさんの言葉が、まだぼくのなかに残っている。寝ころがって、斜《なな》めにしつけられた屋根裏の木の梁《はり》を見上げた。カリッド兄ちゃんはトンボじゃないってわかってる。だけど、今夜は来るかもしれない。夢の中で会いに来てくれるかもしれない。

第十七章

父ちゃんは押しだまっている。ぼくたちはおばさんの家を出てニューオーリンズの市街に向かった。マルディグラのカーニバルはもう始まっている。ゆうべも眠りかけたころ、表通りから、笑う声や歌声にまざってかすかに音楽が聞こえてきた。いま、世界中からいろんな音が、この街に集まってきているにちがいない。笑い声、車のクラクション、それに音楽。音楽があふれている。トランペットやホルンにウッドベースなんかの音色にのって人々の歌がからみあい、もつれあう。ちがう歌を歌ってるのに、大合唱になっている。それぞれの曲をみんなで積み上げて、ひとつの曲にして大音量で神様に届けようとしてるかのように。

大通りは大混雑で身動きがとれない。羽根やビーズのコスチュームをつけた人たち、コスチュームなしでTシャツにジーンズの人たち、虹色《にじいろ》のウィッグを頭に乗せている人たちがいるかと思うと、ツルツルの頭を太陽の光にさらしている人もいる。いろんな色をまとった人たちが群れになって、大きな潮《しお》の流れのようにうごめいている。そんな景色を見ているだけで興奮《こうふん》して、心臓《しんぞう》がバクバクしてくる。

でも、忘れてはいない。ぼくは、パレードを見に来たんじゃない。父ちゃんからはなれなくちゃならない。大聖堂《だいせいどう》に行ってサンディに会うために。

父ちゃんはだまったままだ。おばさんの家から出るときに一回だけ、そばをはなれるなよっていったけどそれだけだ。ぼくのことを気にかけてるかどうかもわからない。今でも目を合わせようとしないんだから。

パレード見物にぴったりの場所を見つけた。影のある石畳《いしだたみ》の路地《ろじ》だ。あまり人がいなくて二軒の家にはさまれてるから日陰《ひかげ》だし、やかましい歌声をやわらげてもくれる。そのぶん見晴らしはいまひとつで、低い塀《へい》にのぼって、やっと人の頭越しにコスチューム姿の人たちが通りすぎるのが見えた。色とりどりの羽根やビーズが暑い太陽の日差しを受けてそこかしこで渦《うず》をまき、人々は音楽やダンスに合わせて手をたたいている。

「キング」父ちゃんの声がした。ぼくがぎくっとしたのは、父ちゃんには見えない。まだぼくの顔を見ないからだ。「ふたりだけで話をしよう」父ちゃんがいった。

心がばらばらになる。頭がぼーっとしてくる。父ちゃんのいいたいことはわかっている。父ちゃんが口にする言葉なら、数えきれないくらい思い描いてきた。「おまえはもう俺《おれ》の子じゃない」

だけど父ちゃんはなかなか話さない。ぼくを嫌《きら》っているとしても、ぼくのことを恥《は》じて顔を見たくないとしても、出ていけとはいわないのかな。いや、都合よく考えちゃだめだ。父ちゃんはぼくのそばにいたくないに決まってるんだから。

「ごめんなさい」考えるより先に言葉がでた。

父ちゃんが、眉《まゆ》をひそめてぼくを見た。この一週間、目も合わせなかったのに。まっすぐにぼくを見ている。

「なにがだ?」

「ごめんなさい。ぼ、ぼく、もしかしたら……その……」

ちゃんといえない。でも父ちゃんはぼくのいいたいことをわかってくれた。父ちゃんはまた人の波に目をやった。「確かにおまえにはがっかりした。だが、理由はそれじゃない」

ぼくは塀の上にすわったまま、父ちゃんを見おろした。父ちゃんはぎゅっと口をむすんで、話す言葉を選んでいる。「おまえは俺たちに、俺と母ちゃんに、うそをついた。だからものすごく腹がたってる。わかるか?」

ぼくはなにもいえなかった。不思議な感覚がわきあがってくる。こわい気持ちと、ほっとした気持ちだ。ほっとしたのは、おまえはもう息子じゃないっていわれないですんだからだ。

「おまえはサンディをかくまって、命の危険にさらした。そのことであの子の父親がどれほど心配したかわからない。もし逆の立場だったら、サンディ・サンダースのほうがおまえをあの小屋にかくまっていたなら、俺はあの子を二度とおまえに会わせない」父ちゃんは首をふって、長い時間をかけて息を吸い、同じくらい長い時間をかけて息を吐いた。「おまえには本当にがっかりしたよ、キング」

涙がこみあげてきて、目が刺《さ》されるように痛かったけど、こぼれそうになるのをこらえた。ぼくは目をそらした。恥ずかしさと罪悪感《ざいあくかん》のほかにもたくさんの感情が押しよせてきたけど、ほっとした気持ちもあった。安堵感《あんどかん》がルイジアナの熱気みたいにぼくをすっぽり包《つつ》んでいる。

「じゃあ、父ちゃんは、ぼくが……」そこまでいって、言葉を飲みこみそうになったけど、なんとか最後までしぼりだした。「ゲイかもしれなくても、父ちゃんはかまわないの？」

父ちゃんはまだぼくを見ない。なにもいわない。長いことだまっていた。さっきの安堵感が、拍手《はくしゅ》や音楽や笑い声にまじって消えていく。

やっと父ちゃんが口を開いた。「そのことはどう考えたらいいかわからない。今はまだ」本心なんだろうけど、その本心に傷ついた。きくんじゃなかった。

だけど、父ちゃんは言葉をつづけた。「どう考えたらいいかわからない。でもな、俺はおまえを愛してる。そのことは忘れるな」

父ちゃんはぼくをまっすぐ見ながらそういった。「俺はおまえを愛してるんだよ、キング。なにがあってもだ。これからもずっと。それは絶対に変わらない」父ちゃんは、うんうんとうなずきながら、パレードのほうに目をもどした。「わかったな？」

ぼくは両手をにぎりしめた。目の前に群《むら》がるおおぜいの人々にまた目をやった。「父ちゃん」声をかけると、父ちゃんはぼくを見あげた。「ぼくも愛してるよ」

父ちゃんの顔に晴れやかな笑顔がうかぶなんてことを期待したわけじゃない。父ちゃんは小さくふっと笑って、ぼくの背中をポンッとたたいた。しばらくそこでパレードを見物しながら、ぼくの居場所は、世界じゅうどこを探してもうち以外ないと思った。

母ちゃんとイドリスおばさんが、やたら狭い場所にいるぼくと父ちゃんを見つけて、パレード見物に合流した。ビン入りの飲み水をみんなでわけて飲んだ。もうだいぶ時間がたっている。あと一時間もすれば太陽がしずみ始めるだろう。

サンディは無事にニューオーリンズに来られたかな？　大聖堂の前でぼくを待ってるかな？「もっと近くでパレードを見たいからちょっと行ってくる。すぐにもどるよ」ぼくはいった。母ちゃんは眉をひそめた。おとながいっしょじゃないとだめだといおうとしてる。でも、おばさんが母ちゃんの腕に手をおいて「早く行っておいで」といってウィンクした。おばさんは、ぼくがこれからなにをするのか、わかってるみたいだった。

狭い路地をでて、人込みをかきわけて進んだ。羽根かざりが突風《とっぷう》にまきこまれて舞《ま》い、バラの甘《あま》い香りがした。人々が行進する振動《しんどう》が地面から伝わってくる。昔からマルディグラが大好きだけど、好きな理由が初めてわかった。マルディグラほど生きていることを祝うお祭りはほかにない。ここにいるだれもが、呼吸をするたび、脈打《みゃくう》つたび、心臓の鼓動《こどう》が伝わるたびに、喜びを感じている。生きてる幸せを感じ、まわりにいる人たちの幸せを感じる。ぼくはイドリスおばさんがいったことを思いだした。「カリッドはそうやって生きた」って。ぼくもそう生きたいと思った。

ぼくはひたすら歩いた。母ちゃんと父ちゃんがそろそろ心配し始めるころだ。でもきっとイドリスおばさんがなんやかんやと気をそらせてくれてるはずだ。通りにだんだん人が減ってきて、きょろきょろしながら歩いた。右に行けばいいのか、それとも左か、よくわからない。年季のはいった大きなトロンボーンを抱えている人に大聖堂の方角をたずねたら、歯を見せて笑って教えてくれた。やがてやっと川にたどりついた。ミシシッピ川はこんなふうに何百年ものあいだ流れて、これからまた何百年も変わらずに流れていくんだ。

川沿いの遊歩道を歩くうちに、大聖堂がぐんぐん空に伸《の》びるように目の前に見えてきた。渦巻き状の尖塔《せんとう》が空に届きそうなくらいに高い。マルディグラの真っ最中だから人々の大半は街中でパレードを見てるけど、このあたりで芝生《しばふ》の上をゆっくり散歩している人もいる。

そして、階段のわきにサンディがすわっていた。

サンディは目をぱちぱちさせながら、ぼくを見つめている。まばたきしているのは、待ってるあいだに眠ってしまったからか。びっくりしているのか。ぼくが本当に来るとは思っていなかったかのように。サンディは飛びあがって、くしゃくしゃの笑顔を見せた。

「キング！」サンディは両手を広げてぼくをぎゅっとハグした。今までのサンディのハグのなかでいちばん力がこもっている。おかげでぼくの心臓は爆発寸前だ。サンディはぼくから体をはなしてまだ笑っているけど、急に息を荒らげた。まるで何キロも走った直後みたいに。「おまえ、もう来ねえかもってあきらめかけたよ」

ぼくはもじもじしながら両腕を広げた。「来ただろ、ほら」

サンディは笑い声をあげた。「よーし、行こう。父ちゃんはきっともう、おれがいないのに気づいてる。ルイジアナから脱出するなら、早ければ早いほどいい」

サンディがぼくの手をひっぱりながら、しゃべりだした。「どうやってニューヨークまで行くか考えたよ。電車なら簡単に行ける」サンディは、ふたり分の電車賃を朝出てくる前に父親の財布《さいふ》から盗《ぬす》んできていた。だけどぼくが歩きだそうとしないから足をとめた。しかめ面《つら》で振りむき、こっちを見ている。

「どうしたんだよ？」ぼくは、サンディが聞きたくないことをいわなくちゃならない。それをいうのは、ぼくも苦しい。サンディが苦しむのがわかってるからだ。「サンディ、ぼく、行けない」

サンディは口をつぐんで、歯を食いしばった。「なにいってんだよ、行けないってなんだよ？」

ぼくは首を横にふった。「ぼく、行けないよ。サンディも行っちゃやだめだ」

悲しさでも落胆《らくたん》でもなく、サンディの顔にうかんだのは怒《いか》りしかなかった。「おまえ、いっしょに行かないっていうためにわざわざここまで来たのかよ?」

「ちがう」

「なんのつもりだ?」そういって、サンディは首を横にふった。「いいよ。おまえがいっしょに来なくてもおれは行く……」

「待てよ、サンディ。行かなくてもいいんだ」

サンディは叫びだした。声が大きすぎて、近くを通りかかったおばさんがこっちを見ている。

「おまえ、忘れたのか? 親と家で何日かすごしたら、おれとの約束《やくそく》をすっかり忘れちまったってか? おれたち、友だちじゃなかったのかよ?」

「友だちだよ。だからいってるんだ。逃げちゃだめだ。きっとよくなる」

「どうやって?」サンディは泣いている。ぼくのせいだ。サンディのまわりにある、不当でいまいましいすべてのせいだ。「なにが、どうよくなるんだよ?」

答えはわからない。どうやったらよくなるのかもわからない。今はまだ。だけど、よくなると信じている。そしてこの瞬間、なによりもサンディにそれを信じてもらいたい。

「うちに来いよ」サンディにいった。「ぼくといっしょに、うちに来いよ。ふたりでうちの親に本当のことを話して、おまえをおまえの父ちゃんから引きはなす。それに」

サンディは声をあげて笑っている。笑いながら首もふっている。

ほかになにをいったらいいかわからない。ぼくはだんだん、母ちゃんたちやイドリスおばさんからはなれたことを後悔しはじめた。三人に話しておくべきだった。今度こそ、母ちゃんたちはぼくの話を聞いてくれるはずだ。サンディをかくまって、サンディが安全に過ごせるように助けてくれる。

「ここにはいられねえんだよ」サンディはかがんで、足もとからリュックをとりあげた。「おれは行くよ、キング」

サンディはぼくを見たまま後ずさりを始めた。ぼくについてきてほしいと願ってるのがわかる。ぼくもそんなサンディを、気が変わってとどまってくれと願いながら見ている。でも、サンディはくるっと向こうを向いて歩きだし、二度と振りかえることはなかった。

足が痛い。おばさんたちのところにもどるころには暗くなりはじめていた。ぼくの名前を呼ぶ母ちゃんの声が聞こえる。母ちゃんがぼくの名前を呼びながら、四方八方に目をやってあわてふためいてぼくを探しているのが見える。走っていくと、母ちゃんはぎゅっときつくぼくを抱いた。それから母ちゃんは体をはなして、ぼくの体を確認している。どうしたの、どこに行ってたの、なにがあったのと聞きながら。父ちゃんが走って来て、つづいてイドリスおばさんもやってきた。おばさんは、ぼくがなにをしてたのか、ぜんぶわかってるような目をしていた。

ぼくは泣いていた。恥ずかしくなんかなかった。いわなきゃいけないことがあると、そう母ちゃんにいった。今度こそ、ぼくの話をひとことももらさずに母ちゃんに聞いてもらうんだ。

そう願うことしかできなかった。

第十八章

ぼくたちがニューオーリンズのおばさんの家にいるうちに、サンディは、またもや見つかってしまった。きっとぼくを憎《にく》んでる。この世のなによりもぼくを恨《うら》んでるにちがいない。でも今回は、サンディの体にあったいくつものあざの話を母ちゃんが信じてくれた。

「難しいとは思うけど、サンディが父親のところにもどらなくてもいいようにする。約束《やくそく》するよ、キング」母ちゃんがいってくれた。

家に帰るトラックのなかは、来たときと同じくやっぱり静かだった。でも、あのときとはちがう静けさだ。あのときは、母ちゃんと父ちゃんがなにをいいだすかと心配ばかりしていた。今の静けさは、ぼくたち三人が、それぞれの考えや思い出にふけっている静けさだ。

ぼくは口をひらいた。声がかすれる。「ねえ、兄ちゃんがよくやってた歌あそび、覚えてる?」兄ちゃんはよく、なにかしらの歌を歌いだした。曲はなんでもよくて、いつのまにか別の曲に変わっていて、韻《いん》をふむわけでもなく、なんのつながりもない歌をその日の気分で思いつくままにどんどんつなげて歌った。兄ちゃんはそんな遊びが好きで、ニューオーリンズからの長時間のドライブは、歌あそびができる絶好の機会だった。ぼくはきいてるうちに頭がめちゃくちゃ混乱してきて、耳をふさいで「やめて！」って叫んだ。兄ちゃんはニヤッと笑うだけで、おかまいなしに歌いつづけた。

ふと、前の座席から衝撃《しょうげき》が伝わってきた。母ちゃんがうしろを向き、涙《なみだ》でうるんだ目でぼくを見た。顔は笑っている。作り笑いじゃない。無理のない本当の笑顔だ。「カリッドの歌は、本当にいつもひどかったねぇ」そういって笑っている。

ぼくはうなずきながら、「そうだよ、最低最悪だった」といった。

車内はまた静かになったけど、今度は父ちゃんの声が聞こえた。父ちゃんが歌っている。兄ちゃんがよく歌っていた曲だ。声はガラガラで調子っぱずれで、聞いてるだけで笑えてくる。母ちゃんがまたうしろを向いた。「カリッドのひどい歌がだれに似たのか、これでよーくわかったね」

ぼくも母ちゃんも笑いだした。父ちゃんの歌声にも笑い声がまざる。そして、そのまま歌いつづけた。

帰ってから何日かすぎ、週の半ばになったけど、母ちゃんも父ちゃんもぼくを無理に学校に行かせようとはしない。自分たちも仕事に行かない。兄ちゃんの葬式《そうしき》のすぐ後もそうだった。だけど今は、ぼくたちは前とはちがう悲しみを感じていた。まわりにだれがいても、がまんしないで泣いたり、逆に笑ったりできた。母ちゃんが兄ちゃんの小さかったころの写真を見せてくれた。ぼくが生まれる前のだ。その頃《ころ》の兄ちゃんの思い出をぼくにも分けてくれた。

「カリッドはね、この本が大好きだったの。古い本だけどね」そういって『五次元世界のぼうけん』という本を見せてくれた。ぼくは、それをベッドわきのテーブルにおくことにした。

「カリッドはサッカーが好きだった。まだろくに歩いたり走ったりできないうちから、なんでもかんでも蹴《け》とばしてたんだよ。弁護士《べんごし》になりたいって話、きいたことある？」母ちゃんはぼくにいいながら、自分で自分にうなずいていた。「そう。あの子は弁護士になりたがってたの。世の中には、不公平で正しくないことがありすぎるって。だから自分が弁護士になって、世界を変えるんだっていってた」そして母ちゃんはにっこりほほえんだ。「あの子らしいよね」

父ちゃんがテレビとコードを調整して古いＤＶＤプレイヤーを使えるようにした。スイッチを入れたら、テレビ場面にカリッド兄ちゃんがあらわれた。ぼくが見たことのない兄ちゃんだ。よちよち歩きで、母ちゃんたちに笑顔を向けている。父ちゃんの親指をつかんでいる。ケーキにたてられたロウソクの火を吹き消している。赤い自転車に乗ってぐるぐる走り回っている。

それから、ぼくの姿も画面にあらわれた。生まれたてのしわしわでぶかっこうな赤ん坊だ。兄ちゃんがかたわらで、だれにもそんなことといわせないぞって感じでぼくを見つめている。ぼくを抱いて、目をきらきらさせて、歯抜けの口を大きくあけて笑い、だれかが構《かま》えるカメラを見つめている。「おまえの弟だよ」という母ちゃんの声が流れた。兄ちゃんはそんなことわかってるとばかりにうなずいている。兄ちゃんにとってとても大事な赤ん坊のぼく。兄ちゃんは、ぼくの兄ちゃんになる日をずっと待っててくれた。

いくら泣いても、大きくなった胸の穴に世界中の悲しみを吸いこんでも、それからいくら笑っても、自分の中にある光と愛で破裂《はれつ》しそうになっても、それでもまだ、ぼくの中には怒《いか》りのかけらが残っていた。カリッド兄ちゃんへの、ねじまがった怒りだ。

母ちゃんは、別の映像を見ながらまだぼくの髪《かみ》をなでている。父ちゃんはいつものビニール張りの椅子《いす》にすわっている。今映っているのは、三歳くらいのぼくだ。それまで気づかなかったけど、カリッド兄ちゃんに似てきている。よちよち歩いて、とにかくなんでもつかんでいる。兄ちゃんが手をかしてぼくを立たせてくれた。ころびそうになると、さっと支えたり、ぼくの下にすべりこんでクッションになってくれたりもした。ぼくがけがしないように。

「兄ちゃんがぼくにいったんだ。死んじゃう前に」ぼくは話しだした。

母ちゃんと父ちゃんがこっちを見た。ビデオはまだ流れていて、父ちゃんがカメラを回しながらクスクス笑う声がしてる。兄ちゃんも笑ってて、ぼくが兄ちゃんのおなかに飛び乗って、げらげら笑って、ころがりおちた。

「カリッドがなんて?」母ちゃんが優しい声できいた。母ちゃんがまだ知らない、兄ちゃんについての新しい話だ。知りたがってるのが伝わってくる。

ぼくは目を閉じて、膝《ひざ》を胸にかかえた。「ぼくが、サンディと話をしてたときのことだよ。サンディが、自分はゲイかもしれないっていったから、ぼくは……」次の言葉をためらったけど、もうこわがる理由はなにもない。「こういったんだ。たぶん、ぼくもそうかもしれないって」

父ちゃんが口をむすんで目をそむけ、テレビの画面に視線をもどした。母ちゃんは目をしわにして、次の言葉をまっている。

「その時は知らなかったけど、兄ちゃんがぼくたちの話を聞いてたんだ。兄ちゃんは、ぼくがいったことも、サンディがいったことも聞いてた。それでその夜、サンディと友だちづきあいするのをやめろっていったんだ」

母ちゃんが大きく息をのんだ。

「おまえもゲイだって思われたくないだろって」兄ちゃんにいわれたとおりの言葉を話した。

「そう兄ちゃんにいわれたんだ」

「ああ、キング」母ちゃんが眉《まゆ》をひそめ、リモコンのスイッチをとって、DVDを一時停止にした。画面では、ぼくと兄ちゃんが笑ったまま止まっている。「おまえの兄ちゃんは……カリッドは、そんなつもりでいったんじゃないんだよ」

「ぼくが本当にゲイだって知ったら、兄ちゃんはぼくを嫌《きら》いになったはずだ」

「そんなことない」母ちゃんがいった。「カリッドは決して、おまえを嫌ったりしない」

「なんでわかるの？」

「カリッドは、ほかのなによりも、おまえのことが大好きだったんだから」母ちゃんがいう。「弟ができるって知った時のカリッドの喜びようったらなかった。弟ができるんだねって、いつもいつも大喜びではしゃいでた。弟のためならなんでもやる。ぼくが守ってやるんだっていってね」

ぼくは両手をぎゅっとにぎった。「ぼくは兄ちゃんの言葉で自分が嫌いになったんだよ」

「そんなつもりじゃなかったはずよ」母ちゃんがいう。「カリッドは決しておまえを傷つけたりしない」母ちゃんはビデオの映像に目をやった。大笑いしている兄ちゃんが映っている。

「お兄ちゃんはね、きっとおまえが傷つくのがこわかったんだよ。そのこわさはよくわかる。あたしだってこわかったから。あたしたちは黒人っていうだけで、生きていくのが大変な世の中にいる。そのうえゲイだと、おまえの人生はもっと大変なことになる。あたしだっておまえのこれからの困難を考えるとこわいんだよ。だけど、おまえは本当に勇気があるね」

ぼくは父ちゃんを見た。父ちゃんはまだ目の前の映像を見ていたけど、表情はやわらいでいる。そしてまばたきしながら下を向いて、膝においた両手を見ている。

「お兄ちゃんは、おまえを守りたかったんだよ」母ちゃんがいう。「カリッドがしたかったのは、それだけ」

寝る時間はとっくにすぎてるのに、三人してまだ起きている。母ちゃんも父ちゃんも明日学校に行けとはいわないだろう。でも、ずっとこのままではいられないのもわかっていた。学校にもどらなくちゃならない。いつかはジャスミンやほかの友だちと向き合わなくちゃいけない。

父ちゃんがＤＶＤとテレビを消すと、ぼくは、サンディがどうしているかたずねた。母ちゃんはぼくの髪《かみ》を手ですきながら、心配いらないよというだけだった。

「でも、サンディはどこにいるの？　あの家にもどされてないよね？」

「大丈夫。サンディは、お父さんのところにはいないから」

「じゃあ、どこ？」

母ちゃんがためらいながら教えてくれた。「バトンルージュに親戚《しんせき》があるんだって。サンディはそこに連れていかれたの」母ちゃんはぼくの表情を確認しながら、またぼくの髪を手ですいた。「心配いらないよ。サンディは、安全なところにいるの。なにもかも大丈夫だからね」

部屋で寝る支度《したく》をしてたら、いつものように母ちゃんがおやすみのキスをしにきた。母ちゃんがドアを閉めるまえに、ぼくはいった。「セラピストに会ってみようかな。母ちゃんがそうしてほしいなら」母ちゃんはにっこり笑って、ぼくのおでこにキスをしてもう寝なさいといった。

ぼくは夢を見た。兄ちゃんがぼくといっしょに歩いている。兄ちゃんがにっこり笑って、頭上を指さした。その方向を見て、ぼくはわあって声をあげた。本当に、思わずわあって声をあげてしまうくらいの空だった。世界中の色が空に集まっていた。万物《ばんぶつ》の色が渦《うず》をまいて、小さな地球の大気圏《たいきけん》にこれでもかってくらいに押し寄せてくる。美しい。生まれて初めて見るような美しさだ。あんまりきれいだから、目がさめてからも横になったままぎゅっと目を閉じていた。どの色もぜんぶ覚えておきたかった。

第十九章

一週間がたち、学校へ行こうとリュックをしょった。足も腕も骨がないみたいにぐにゃぐにゃで力が入らないけど、なんとか家をでた。トラックで学校まで行く途中、父ちゃんがいろいろ話しかけてきて、革張《かわば》りのシートが足の裏側にくいこんでくるような感じがした。

「学校にもどれてうれしいか？」父ちゃんがきく。ぼくがそうでもないって答えたら、「なんでだ？」って、きかれた。

父ちゃんに理由を話した。みんなから大うそつきだといわれて嫌《きら》われてるし、ジャスミンと気まずくなってる。ジャスミンは、ぼくがゲイかもしれないと知ってる。それ以上は話すつもりなんてなかったのに……ほんとになかったのに……話しだしたらとまらなくなっていた。ぼくは父ちゃんに、どんなことがあっても愛してるといわれてうれしかったといった。でも、ぼくがゲイだということを考える時間が必要だといわれたときには傷ついた、ということも話した。父ちゃんは、ぼくそのものを受け入れてない。父ちゃんから恥《は》ずかしい息子だって思われたくない。そんなことを次々に話してるうちに、学校に着いた。父ちゃんはトラックをとめて、ずっとぼくの話に耳をかたむけていた。フロントガラス越しに、まっすぐ前を見ながら。ぼくを見てはいないけど、言葉をひとつひとつ、かみしめながら聞いているのがわかった。

話し終えたら、もう五分くらいで始業ベルがなりそうだった。父ちゃんも急がないと仕事に遅れてしまう。なのに父ちゃんは、気にしてないみたいだ。ひとりでうんうんうなずいている。ぼくの話じゃなくて、魂《たましい》のささやきを聞いているみたいに。

「そうか」何度もうなずいてから、父ちゃんがいった。「おまえにできるのはまず、友だちにあやまることだな」

父ちゃんは、友だちのことしかいわなかった。ぼくが傷ついたことやぼくがゲイだということなんか耳に入ってなかったんだ。父ちゃんはそういう人だ。「あやまっても許《ゆる》してもらえなかったら？　それに、ジャスミンからは嫌われたままかもしれない」

「それは、相手が決めることだ」父ちゃんがいう。「だがな、謝罪《しゃざい》を受け入れてくれる人がいなくても、おまえは大丈夫だ。おまえの人生はこれからもつづいていく」

父ちゃんは「愛してるよ」といって、ぼくの肩に腕をまわしてぎゅっと抱いた。今こそ、ぼくも父ちゃんを愛してるというべきだ。実際、愛してる。ぼくは父ちゃんが好きだ。だけど、まだ痛みがうずいている。左右の肺《はい》の真ん中で。

「そう簡単《かんたん》じゃない」突然父ちゃんがいった。声がしゃがれてたから、咳払《せきばら》いをする。「なかなかむずかしいんだ。おまえを今までとちがう見方で見ようと努《つと》めてはいるんだけどな」

すごくおどろいた。父ちゃんが今になって、ずっと前にぼくが話したことに答えている。

「努力はしてる。わかってくれるか？　だけど難しいんだ。俺《おれ》はゲイについて先入観を持っていた。親父から聞かされたことだ。親父も親から聞かされていた。それがまちがいなのか正しいのかわからない。でもな、ともかく、俺はおまえを愛している」

「なにがそんなにむずかしいの？　どうしてぼくがゲイだと、父ちゃんがそんなに苦しむの？ ぼくが黒人だからって苦しんだりしないよね？」

「それとこれとはちがうんだよ、キング」

ゲイであることと黒人であることは、同じじゃないかもしれない、だけど、似ていると思う。

「嫌われるって意味では同じだよ。ぼくが黒人ということで、人からなにかいわれたりされたりすることと、ぼくがゲイということで、人からいわれたりされたりするのは同じだよ。たぶん、父ちゃんにはそれがわかってない。だけど、本当に同じなんだ。父ちゃんがもし白人だったら、父ちゃんも黒人のぼくを嫌うの？」

声がいつのまにか大きくなっていたけど、父ちゃんは声を荒らげたりしない。大きく、苦しそうなため息をついて、片手で口をぬぐった。もう片方の手は、まだハンドルの上にある。運転はしてないのに。

「いろんなことを考えなきゃいけないのはわかってるんだ」父ちゃんはそういった。その凍《こお》りつくような一瞬、父ちゃんの内側にぼくはなにかを感じとった。大きな、岩のような痛みだ。父ちゃんが長い人生の中で、さまざまな苦しみをくぐり抜けてきたときに受けた痛みだ。しかも息子まで失って、痛みが岩のようにかたく大きくなっている。「これからもっと勉強しないとだめだな」といった。「だが、勉強するよ。俺はおまえのことを愛してるんだからな」父ちゃんがぼくを見ている。初めてぼくをちゃんと見た。父ちゃんが見ているぼくは、兄ちゃんの幽霊《ゆうれい》じゃない。父ちゃんが理想とするぼくでもない。ありのままのぼくだ。父ちゃんが笑顔になった。自然に笑っている。そして、ぼくの頭に手をおいた。カリッド兄ちゃんがよくやったみたいに。「そんなに大変じゃないはずだ。だれかを本当に愛しているならな。苦労することはなにもない。俺はおまえを愛してるんだからな」

涙《なみだ》が出てきたけど、父ちゃんから目をそらさなかった。涙を見られてどぎまぎしたけど。ぼくも愛してるよといったら、父ちゃんはにっこり笑ってぼくの髪《かみ》をくしゃくしゃしていった。「ほら、急がないと遅れるぞ。帰りも迎えに来るからな」ぼくはトラックからすべりおりてドアをしめた。トラックがガタガタ走りだした。見えなくなってからもずっと目で追った。始業ベルが鳴ってる。ぼくは大きく息を吸って涙をぬぐい、学校の方に向きなおった。

ベンチにいたみんなが、リュックや教科書を手にして立ったところだ。カミーユがブリアナとしゃべっていて、ダレルはアンソニーといっしょに走りだした。ジャスミンだけが、近づいていくぼくに気づいている。会いたいかどうか、話したいかどうか、じっくり考えてるのがわかる。ぼくはジャスミンの前に立って、リュックのストラップをぎゅっとにぎった。

「来たんだ」ジャスミンがいう。「ずっと来なかったから、もうもどらないのかもって思ってた」

こわくてこのままたおれてしまいそうな気がした。「もどってきた」ジャスミンにそういったぼくの声はうわずっていた。

ジャスミンは、ぼくを上から下まで見て「行こう。遅刻《ちこく》しちゃうよ」といった。

ジャスミンが向きを変える前に、ぼくはジャスミンの腕をつかんで「待って」といった。ジャスミンはびっくりしてたけど、足をとめてくれた。

「ごめんなさい。ほんとに、ほんとに、本当にごめんなさい」

ジャスミンの表情からは、許してくれるかどうか読みとれない。腕を組んで、ぎゅっと力を込めている。「どうしてわたしにうそついたの、キング？」

今なら説明できることがたくさんある。サンディからだれにもいわないと強引に誓《ちか》わされた。カリッド兄ちゃんからゲイかもしれないってことはだまってろといわれた。いくらでもいえる。だけどやっとジャスミンにいえたのは、本心からのひとことだった。「こわかったからなんだ」

「こわかった？」眉《まゆ》をひそめてジャスミンがききかえす。「なにが？」

「ぜんぶだよ。ジャスミンが、もう友だちでいてくれなくなるかもと思うとこわかったんだ」

この数か月、ぼくはいろんなことにおびえてきた。だけどジャスミンについては、友だちでなくなることがとにかくいちばんこわかった。今この瞬間も、そばに来ないでっていわれるんじゃないかとびくびくしている。二度と許してもらえないんじゃないかとおそれている。だけど、父ちゃんにいわれたことを思い出した。たとえジャスミンが許してくれなくても、ぼくはまだ大丈夫なんだ。

二回目のベルが鳴った。ジャスミンが顔をあげて、校舎のほうに目を向けた。カミーユとブリアナが校舎の入り口でこっちを見ている。ジャスミンはまたぼくを見て「行こう」といった。

「急がないと、遅刻しちゃうよ」

ジャスミンを追いかけて走った。ジャスミンがいっしょにいてくれるのがうれしい。校舎の入口につくと、カミーユが唇《くちびる》をぴたっと閉じてから顔をそむけた。でも、ブリアナはぼくに笑顔を向けて「おかえり」といってくれた。そのまま四人で廊下《ろうか》を走った。ぼくには許してもらわなくちゃならないことがたくさんある。たくさんのまちがいをおかしてきたから。でもぼくは、ぼくらしくしてていいし、それはあやまらなきゃいけないことでもない。

ぼくは信じている。なにもかも大丈夫なんだ。そう強く信じるあまり、思わず声に出していっていた。カミーユは足を早めながら、いぶかしげにぼくを見た。ブリアナも不思議そうにぼくを見ている。だけどジャスミンは……ジャスミンはわかってくれた気がする。やっと笑顔を見せてくれた。

「そうだね」とジャスミン。「わたしも大丈夫だって思うよ」

また一週間がすぎていく。サンディとすごした湿地《しっち》の時間はとまったままみたいに思えてくる。風景画《ふうけいが》や本みたいにちっとも変わらずにそこにある。だけど今、世界はどんどん前に進んでいき、凍っていた時間をとりもどすかのように動き始めた。ぼくは、いろんな新しいことに慣れてきた。自分がゲイであることをジャスミンにはっきり伝えた。ブリアナとアンソニーに告白するときは、ジャスミンもいっしょにいてくれた。ふたりは、「オッケー」といってくれた。なんでもないよって感じで。ブリアナから、カミーユとダレルには話すつもりなのかときかれたけど、話さないと答えた。だれにでもいえるほど気持ちが整理できてない。それはサンディから学んだことだ。望んでもいないのに、みんながみんな知らなくちゃならないってことはない。

サンディのその後をきいたのは、学校でカミーユのベンチにいるときだった。カミーユはニーナからきいて、ニーナはザックからきいたらしい。サンディは、バトンルージュのおばさんのところに数週間いてから、この町にもどってきた。だけど今は保安官の父親のところにはいない。三日前に町中にニュースが広まった。サンダース保安官がふたりの息子を虐待《ぎゃくたい》していたということで逮捕《たいほ》されて保安官バッジもとり上げられた、というニュースだ。

サンディは、経済的になんとか自立できる年齢《ねんれい》になった兄ちゃんのマイキーといっしょに町はずれで暮《く》らしている。カミーユによれば、サンディは今年は学校にもどってこない。すでに欠席日数が多すぎるからだ。だけど、ぼくは心配していない。ちっともだ。きっとまたサンディに会える。もしかしたらぼくを許してくれないかもしれない。もう友だちになれないかもしれない。それでも、なにがおきようと、ぼくたちは大丈夫なんだ。ぼくもサンディも、どっちも大丈夫なんだ。ぼくらは、なんとかやっていける。

そう思いながら歩いていたら、帰り道でサンディにばったり会った。サンディが通りの向かい側を歩いていた。そしてぼくのほうを見た。サンディがどんな気持ちでいるのか、ぼくをどう思ってるのかはわからない。だけど手をふったら、サンディは大きくうなずいてくれた。そしてそのまま歩いていった。ぼくは自分に何度も何度もいいきかせた。ぼくたちは大丈夫なんだ、と。

湿地にはトンボがいつもと変わらずに飛んでいる。これからもずっとこうして飛ぶんだろう。水際《みずぎわ》にたってトンボたちを見つめた。さあっと飛びあがって、ひらひらっと羽をふるわせている。ぼくは思わず笑った。カリッド兄ちゃんはトンボじゃなかった。もう、兄ちゃんにさわることも見ることもできない。だけど兄ちゃんは、ずっとぼくのそばにいる。ぼくが生きているかぎり、そばにいてくれるんだ。

ぼくは目を閉じて、カリッド兄ちゃんに短い祈《いの》りの言葉をささげた。愛してるよ。すごく会いたい。トンボに別れを告げたとき、偶然《ぐうぜん》かもしれないけど不思議なことがおきた。さよならといった瞬間《しゅんかん》、トンボの群れが空にむかっていっせいにとびたち、ふわっと広がって、ぐるぐるとあたりを飛びまわった。羽をきらきら光らせて、宇宙にあるすべての色を映しだしていた。

謝辞

まず初めに、編集《へんしゅう》のアンドレア・デイヴィス・ピンクニーに感謝します。物語の心髄《しんずい》まで理解して編集するすべを知っている、まさに編集の巨匠《きょしょう》ともいえる素晴《すば》らしい方です。それ以前にアンドレアがいなければ、この本の着想を得ることはできませんでした。あるイベントで夕食をご一緒《いっしょ》した際、アンドレアが「ゲイの黒人の男の子が主人公の中学生向けの本を見たことがない」とおっしゃったとき、本当にそのとおりだとわたし自身も思ったのです。

その一言にひらめきを感じたわたしは、パソコンに向かい、黒人のキング少年の悲しみ、自《じ》己《こ》の受け入れをあらわした本作を書きあげることができました。ひらめきを与えてくれたアンドレアに、心からお礼申しあげます。

スコラスティック社は、キングにとって完璧《かんぺき》なホームであり、わたしが想像できる唯一《ゆいいつ》のファミリーです。ジェス・ハロルド、デイヴィッド・レヴィサン、エミリー・ヘドルソン、リゼット・セラーノ、ジャスミン・ミランダ、ローレン・ドノヴァン、マット・ポールター、デイモサ・ウェバー＝ベイ、ロスコー・コンプトン、ジョシュ・バーロウィッツ、ベーリー・クロフォード、そして舞台裏《ぶたいうら》でもたゆまぬ努力を続けてくださったすべての方々、本当にありがとうございました。友人でもあり、スーパーエージェントでもあるベス・フェランにも感謝します。

家族も、いつもわたしの執筆《しっぴつ》を愛し、支えてくれました。母、父、ジャッキーおばさん、カーティスにも感謝します。そして思い出たちにも！

最後に、読者のみなさん、先生方ならびに司書《ししょ》のみなさんにも感謝します。子どもたちが読む物語に、すべての子どもたちの姿が映し出されるよう、そして子どもたちが自分はひとりではないのだということを伝えるために尽力《じんりょく》してくださっています。みなさんのおかげで、わたしは書き続けることができます。

訳者あとがき

大好きな兄ちゃんが急に亡くなり、葬儀《そうぎ》のときに飛んできたトンボを見て兄ちゃんが帰ってきたと思い込もうとしたキング。毎日かかさず水辺に行って、トンボの群れの中に兄ちゃんがいるはずだと探します。トンボが兄ちゃんだなんておかしいかもしれませんが、キングは真剣です。兄ちゃんに教えてもらいたいことがたくさんあったのです。

だれかを好きになるってどんな気持ち？　どきどきしますよね。本作のキング少年は、親友のジャスミンは好きなのに、どきどきはしない。それはなぜだろうと思い悩《なや》みます。

男友達のサンディから自分はゲイだと告げられたとき、心に通じるものを感じて、ぼくもそうかもしれないと打ち明けました。テントのなかで交わしたキングとサンディのこの会話は、兄ちゃんに聞かれていて、もうサンディとは会うなといわれてしまいます。

現代においても人種差別《じんしゅさべつ》は根強く残っており、命を落とす事件まで発生したりします。キングは黒人の生まれで、両親は正直に真面目《まじめ》に誇《ほこ》りをもって生きています。なのに長男を心臓発作《しんぞうほっさ》で失っただけでなく、次男のキングがゲイだと聞かされ、途方《とほう》にくれます。キングの人生が人種とゲイの二重の苦しみでつらいものになるのではないかと母は心配し、父はゲイへの固定《こてい》観念《かんねん》を打ちやぶれずに苦しみます。

キングは大好きだった兄ちゃんの思い出を懐《なつ》かしむ一方で、兄ちゃんの言葉に傷ついてもいました。でも、兄ちゃんはこうもいっていました。「おまえはただ、大丈夫なんだ」と。実は兄ちゃんも、キングを守りたかったのです。

作者のキャレンダーさんは、自身がLGBTQのQ（クイア）とT（トランスジェンダー）だと公表しており、本作は性への違和感《いわかん》で悩《なや》む少年を書いた二作目になります。作中にでてくるイドリスおばさんの言葉に、キャレンダーさんの思いがこもっているような気がします。

いろいろな人がいること、いろんな生き方があること。違《ちが》いがあっても人はみな寄《よ》り添《そ》って生きていけることに共感していただけたら幸いです。

最後に、本書の出版に関して、背中を押してくださった翻訳者《ほんやくしゃ》の代田亜香子さん、本作をとりあげてくださった作品社の青木誠也さん、ていねいな校正をしてくださった平田紀之さん、翻訳チェックに全面協力してくださった日高歩さんに心から感謝《かんしゃ》申しあげます。多くの方のご協力、後押しのおかげで、本作を世に出せることに大きな喜びを感じています。本当にありがとうございました。

二〇二四年二月

島田明美

選者のことば

ヤングアダルト（ＹＡ）というジャンルは、一九七〇年代後半にアメリカで生まれました。日本でも九〇年代あたりから、すぐれた作家たちが中高生を主人公にした作品を次々に出すようになりました。また、ファンタジーのほうでも新たな書き手が登場し、多くの若者に読まれるようになりました。

そして二〇二〇年代に入り、ヤングアダルトの世界はますます広がってきています。そんな流れをさらに推し進めたいと思って、〈モダン・クラシックＹＡ〉を立ち上げることにしました。二〇〇九年に始まった〈オールタイム・ベストＹＡ〉の続編です。

この十年の間に世界は大きく変わりました。そして海外のヤングアダルト作品も驚くほど変わりました。その変化をリアルに感じながら、どんなに変わっても変わらないものがあることを確認してみてください。きっと、目の前の世界が変わると思います。

二〇二四年一月十日

金原瑞人

【著者・訳者・選者略歴】

ケイスン・キャレンダー（Kacen Callender）

1989年ヴァージン諸島生まれ。2018年のデビュー作『ハリケーン・チャイルド』でストーン・ウォール・ブック・アワードとラムダ文学アワードを受賞。本作『キングと兄ちゃんのトンボ』で2020年の全米図書賞のYA部門と2021年のラムダ文学賞の児童・中学年部門を受賞。

島田明美（しまだ・あけみ）

慶應義塾大学図書館情報学科卒業。コンコーディア大学大学院修士課程修了。外資系出版社勤務を経て翻訳者となる。訳書に「鳥にエサをやるな」（『不気味な叫び』〔理論社〕所収）がある。

金原瑞人（かねはら・みずひと）

岡山市生まれ。法政大学教授。翻訳家。ヤングアダルト小説をはじめ、海外文学作品の紹介者として不動の人気を誇る。著書・訳書多数。

金原瑞人選モダン・クラシックYA

キングと兄ちゃんのトンボ

2024年4月10日初版第1刷印刷
2024年4月15日初版第1刷発行

著　者　ケイスン・キャレンダー
訳　者　島田明美
選　者　金原瑞人
編集協力　代田亜香子
発行者　青木誠也
発行所　株式会社作品社
〒102-0072　東京都千代田区飯田橋2-7-4
TEL.03-3262-9753　FAX.03-3262-9757
https://www.sakuhinsha.com
振替口座00160-3-27183

装　幀　水崎真奈美（BOTANICA）
編集担当　青木誠也
本文組版　前田奈々
印刷・製本　シナノ印刷株式会社

ISBN978-4-86793-022-9 C0397

落丁・乱丁本はお取り替えいたします
定価はカバーに表示してあります

【金原瑞人選オールタイム・ベストYA】

とむらう女

ロレッタ・エルスワース著　代田亜香子訳

ママを亡くしたあたしたち家族の世話をしにやってきたフローおばさんは、死んだ人を清めて埋葬の準備をする「おとむらい師」だった……。19世紀半ばの大草原地方を舞台に、母の死の悲しみを乗りこえ、死者をおくる仕事の大切な意味を見いだしていく少女の姿をこまやかに描く感動の物語。厚生労働省社会保障審議会推薦児童福祉文化財。

ISBN978-4-86182-267-4

希望《ホープ》のいる町

ジョーン・バウアー著　中田香訳

あたしはパパの名も知らず、ママも幼いあたしをおばさんに預けて出て行ってしまった。でもあたしは、自分の名前をホープに変えて、人生の荒波に立ちむかう……。ウェイトレスをしながら高校に通う少女が、名コックのおばさんと一緒に小さな町の町長選で正義感に燃えて大活躍。ニューベリー賞オナー賞に輝く、元気の出る小説。全国学校図書館協議会選定第43回夏休みの本（緑陰図書）

ISBN978-4-86182-278-0

私は売られてきた

パトリシア・マコーミック著　代田亜香子訳

貧困ゆえに、わずかな金でネパールの寒村からインドの町へと親に売られた13歳の少女。衝撃的な事実を描きながら、深い叙情性をたたえた感動の書。全米図書賞候補作、グスタフ・ハイネマン平和賞受賞作。

ISBN978-4-86182-281-0

ユミとソールの10か月

クリスティーナ・ガルシア著　小田原智美訳

ときどき、なにもかも永遠に変わらなければいいのにって思うことない？　学校のオーケストラとパンクロックとサーフィンをこよなく愛する日系少女ユミ。大好きな祖父のソールが不治の病に侵されていると知ったとき、ユミは彼の口からその歩んできた人生の話を聞くことにした……。つらいときに前に進む勇気を与えてくれる物語。

ISBN978-4-86182-336-7

シーグと拳銃と黄金の謎

マーカス・セジウィック著　小田原智美訳

すべてはゴールドラッシュに沸くアラスカで始まった！　酷寒の北極圏に暮らす一家を襲う恐怖と、それに立ち向かう少年の勇気を迫真の文体で描くYAサスペンス。カーネギー賞最終候補作・プリンツ賞オナーブック。

ISBN978-4-86182-371-8

＊在庫僅少／品切れの書籍を含みます。

【金原瑞人選オールタイム・ベストYA】

ぼくの見つけた絶対値

キャスリン・アースキン著　代田亜香子訳

数学者のパパは、中学生のぼくを将来エンジニアにしようと望んでいるけど、実はぼく、数学がまるで駄目。でも、この夏休み、ぼくは小さな町の人々を幸せにするすばらしいプロジェクトに取り組む〈エンジニア〉になった！　全米図書賞受賞作家による、笑いと感動の傑作YA小説。

ISBN978-4-86182-393-0

象使いティンの戦争

シンシア・カドハタ著　代田亜香子訳

ベトナム高地の森にたたずむ静かな村で幸せな日々を送る少年象使いを突然襲った戦争の嵐。家族と引き離された彼は、愛する象を連れて森をさまよう……。日系のニューベリー賞作家シンシア・カドハタが、戦争の悲劇、家族の愛、少年の成長を鮮烈に描く力作長篇。

ISBN978-4-86182-439-5

浮いちゃってるよ、バーナビー！

ジョン・ボイン著　オリヴァー・ジェファーズ画　代田亜香子訳

生まれつきふわふわと“浮いてしまう”少年の奇妙な大冒険！　世界各国をめぐり、ついに宇宙まで!?

ISBN978-4-86182-445-6

サマーと幸運の小麦畑

シンシア・カドハタ著　代田亜香子訳

小麦の刈り入れに雇われた祖父母とともに広大な麦畑で働く思春期の日系少女。その揺れ動く心の内をニューベリー賞作家が鮮やかに描ききる。全米図書賞受賞作！

ISBN978-4-86182-492-0

ウィッシュガール

ニッキー・ロフティン著　代田亜香子訳

学校でいじめにあい、家族にも理解してもらえないぼくは、ふと迷いこんだ谷で、ウィッシュガールと名のる奇妙な赤毛の少女に出会った。そしてその谷は、ぼくたちふたりの世界を変えてくれる魔法の力を持っていた。

ISBN978-4-86182-645-0

＊在庫僅少／品切れの書籍を含みます。

【金原瑞人選モダン・クラシックYA】

ヴィーラ・ヒラナンダニ著　山田文訳

夜の日記（仮題）

ニューベリー賞オナー賞受賞作！

2024年6月刊行予定

リサ・イー著　代田亜香子訳

メイジー・チェンのラストチャンス（仮題）

ニューベリー賞オナー賞受賞作！

2024年8月刊行予定

＊以下続刊